KB072945

神筆江湖 신필천하

뉴 新무협 판타지 소설

FANTASTIC ORIENTAL HEROES

신필천하 6

눈매 新무협 판타지 소설

초판 1쇄 찍은 날 § 2011년 12월 26일
초판 1쇄 펴낸 날 § 2012년 1월 2일

지은이 § 눈매
펴낸이 § 서경석

편집부장 § 권태완
편집책임 § 주소영

펴낸곳 § 도서출판 청어람
등록번호 § 제1081-1-89호
등록일자 § 1999. 5. 31
어람번호 § 제2-2189호

주소 § 경기도 부천시 원미구 심곡2동 163-2 서경B/D 3F (우) 420-822
전화 § 032-656-4452팩스 § 032-656-4453
http://www.chungeoram.com
E-mail § chungeoram@chungeoram.com

ISBN 978-89-251-2731-6 04810
ISBN 978-89-251-2600-5 (세트)

神筆天下

신필천하

FANTASTIC ORIENTAL HEROES

눈매 新무협 판타지 소설

6

신필대협 [완결]

도서출판 청어람

目次

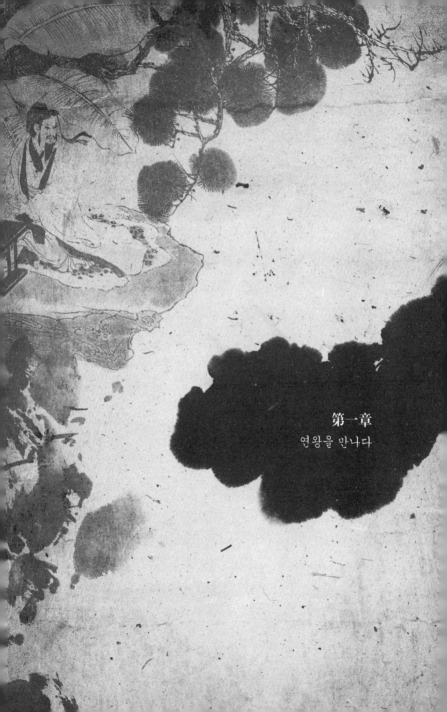

第一章

연왕을 만나다

때는 바야흐로 6월이라 길가에는 여름 꽃이 만발하였고, 날씨는 따뜻했다.

진양 일행은 곧장 말을 타고 남경으로 달려갔는데, 그때쯤 도성의 분위기는 흉흉하기 이를 데가 없었다. 성내를 한 번 훑어본 진양은 외각 지역으로 나와 북동쪽에 위치한 어느 허름한 주점에 들어섰다.

때가 때인지라 주점 안에는 사람들이 아예 보이지도 않았다. 유일한 손님이 진양 일행이었는데, 모두 여섯 명으로 유설과 흑표, 사상이괴와 가신풍이었다.

점소이에게 주문을 시킨 진양이 최근 사정에 대해서 물었다. 그러자 점소이는 고개를 절레절레 저으며 푸념을 널어놓았다.

"말도 마십쇼. 요즘 내전 때문에 장사도 안 되고 죽을 맛입니다. 황궁에서는 상황이 급박해지면서 징병을 하기도 하고⋯⋯."

그때 서요평이 눈썹을 성큼 치뜨면서 물었다.

"그런데 자네는 왜 징병되지 않았나?"

"저 같은 절름발이를 누가 쓰겠습니까요? 짐만 될 뿐이지요."

그제야 서요평이 점소이를 가만 보니 한쪽 다리를 구부린 채 어정쩡하게 서 있었다.

진양이 말했다.

"어쨌든 계속 말해주시오."

"아, 지금 도성에 소문이 아주 흉흉합니다요. 아마도 연왕의 군대가 쳐들어오면 수문장들이 모두 항복할 거란 이야기도 암암리에 돌고 있습지요. 병사들이 많으면 뭘 한답니까? 막말로 병사 숫자는 연왕보다 훨씬 많지만, 지휘할 장수가 없는걸요."

그러더니 점소이는 주위에 손님이 없음에도 불구하고 진양에게 귓속말로 소곤거렸다.

"솔직히 제가 볼 땐 황궁이 곧 점령당하지 않을까 싶습니다. 그럼 연왕은 황제를 죽일 거라고 하더군요."

그러자 서요평이 발끈하며 소리쳤다.

"흥! 닥쳐라! 우리가 있는 이상 황제는 죽지 않는다!"

그 말에 점소이의 안색이 돌연 새파랗게 질렸다.

진양 일행이 황궁에 관계된 사람이라고 지레짐작한 것이다. 그가 바닥에 넙죽 엎드리며 눈물로 사죄했다.

"아이고, 나리! 제가 죽을죄를 지었습니다요! 저는 그저… 아무것도 모르는 무식한 점소이입니다요. 부디 아량을 베푸시고 살려만 주십시오!"

진양이 부드럽게 웃으며 그를 일으켰다.

"일어나시오. 우리는 황궁 사람들이 아니오. 하지만 다른 사람들 앞에서 그런 소리는 함부로 하지 않는 것이 좋겠소. 어느 쪽으로든 말이오."

"알겠습니다요, 알겠습니다!"

점소이는 날아간 목숨이 다시 돌아온 것만 같았다.

그가 연신 머리를 숙이고는 주방으로 돌아가자, 서요평이 혀를 찼다.

"쳇! 배짱도 없는 녀석."

그때 가신풍이 근심 서린 표정으로 말했다.

"아무래도 문주님께서 하신 말씀이 틀림없나 봅니다. 이대로라면 황궁이 위험하겠군요."

"그렇겠지요. 하지만 전쟁을 막을 방도는 없으니, 황제의 목숨만이라도 구해야 합니다. 그러기 위해서 여기에 온 것이니까요."

진양이 대꾸하자 서요평이 술잔을 들어 한 모금 마시더니 '탁!' 소리 나게 내려놓으며 떵떵거렸다.

"흥! 그럴 것이 아니라 당장 연왕의 진영으로 달려가서 내가 그의 모가지를 따면 될 일 아니겠느냐? 연왕만 죽이면 되는데 뭐가 그리 복잡하단 말이냐?"

이에 유설이 눈썹을 슬쩍 찌푸리며 말했다.

"어르신은 목소리를 좀 낮추세요. 누가 듣기라도 하면 어쩌려고 그러세요?"

"누가 들으면 어때? 감히 내게 대항할 자가 있단 말이냐? 양 장문, 자네 말만 하게. 내가 연왕의 모가지를 따주기를 바라나? 그렇다면 내가 목을 따지! 하지만 세상에 공짜는 없는 법. 대신 자네도 날 위해 뭔가를 해줘야 할 것일세."

"하하하. 저는 바라지도 않습니다."

"흥! 자네도 배짱이 없구만! 연왕 따위를 무서워해서 야……!"

그때였다.

갑자기 주점의 문이 벌컥 열리더니 군복을 입은 장수가 고함을 지르며 들어왔다.

"어떤 놈이 감히 왕야를 모욕하느냐?"

뒤미처 주점 안으로 군복을 입은 병사들이 우르르 봇물 터지듯 쏟아져 들어왔다.

갑자기 일어난 일에 점소이는 음식을 들고 나오다 말고 얼른 주방으로 들어가 버렸다.

진양이 돌아보니 대략 스무 명에 달하는 병사들이 입구를 지키고 서 있었다. 하나같이 창검을 들고 흉흉한 표정을 짓고 있었는데, 연이은 승전 때문인지 사기가 충만해 보였다.

가장 앞서 들어왔던 장군이 실내를 휘이 둘러보더니 진양 일행을 향해 눈길을 두었다.

"네놈들이 감히 왕야를 모욕했는가?"

서요평이 발끈해서 나서려는데, 진양이 얼른 그의 손을 잡아 말리며 일어났다.

진양이 두 손을 맞잡아 흔들며 대답했다.

"높으신 장군님을 뵙게 되어 영광입니다. 하지만 저희들은 감히 그런 짓을 하지 않았습니다. 아무래도 오해가 있으신 듯합니다."

상대는 진양이 매우 공손한 태도로 나오자 격양되어 있던 기분이 조금 누그러졌다. 게다가 자신을 추켜세우니 한편으로 우쭐한 마음도 들었다.

장군은 턱을 치켜들고 진양 일행을 다시 한 번 찬찬히 훑어보았다. 그리고 이들이 무인이라는 것을 알아보고 좀 더 부드러워진 목소리로 말했다.

"하나 밖에 있을 때, 분명 누군가 왕야를 모욕하는 소리를 들었소. 그런데 이곳엔 여러분밖에 없지 않소?"

진양이 난감한 표정으로 대꾸할 말을 찾는데, 서요평이 결국 참지 못하고 버럭 소리쳤다.

"뚫린 내 주둥이로 내가 떠들고 싶은 대로 떠드는 것이 뭐 그리 잘못이란 말이냐?"

상황이 이렇게 되자 장군의 눈초리도 이내 매섭게 변했다.

진양이 얼른 나섰다.

"여기 어르신은 성품이 호방하고 격식을 따지지 않으실 뿐입니다. 실제로 왕야를 모욕할 생각은 없었으니 너른 마음으로 이해해 주시지요."

하지만 장군은 단호한 표정으로 말했다.

"이미 내 눈으로 보고 귀로 들은 이상 그냥 넘어갈 수는 없게 됐소. 당신들 모두 압송해야겠소."

"흥! 어디 할 수 있다면 해보아라! 그전에 네놈들 모가지가 땅바닥에 떨어질 줄 알아라!"

서요평이 검을 뽑아 들고 서슬 퍼런 표정으로 소리쳤다.

그의 전신에서 사이한 기운이 줄기줄기 뿜어져 나오자, 실내에 포진하고 있던 병사들이 저마다 긴장한 채 창검을 거머쥐었다.

반면 진양은 오히려 이 기회에 연왕을 한 번 만나보는 것도 나쁘지 않겠다는 생각이 들었다.

소문에 의하면 연왕은 무인을 아끼고 중용한다고 하지 않던가?

일개 장수야 왕을 모욕한 발언에 임무를 다할 뿐이라지만, 연왕을 직접 만난다면 오히려 너그러운 마음을 가져 말이 쉽게 통할지도 몰랐다.

여기까지 생각을 정리한 진양이 서요평에게 말했다.

"선배님, 이분들을 따라가 보지요."

"으잉? 뭣하러 따라간단 말이냐? 오호라! 결국 목을 따기로 결심했구나!"

그러자 장군이 검을 뽑아 들며 우렁차게 소리쳤다.

"말을 함부로 내뱉지 말라!"

"흥! 내가 사람 목을 딴다고 말했느냐? 단지 목을 딴다고 했지! 그게 돼지 목인지 사람 목인지 어찌 알고 내게 이래라저래라 하는 것이냐?"

"지금 말장난하는 것인가!"

"자네와 나는 나이 차이가 나서 장난을 주고받을 연배가 아닌데 어찌 내가 자네에게 장난을 한단 말인가?"

서요평이 계속 약을 올리듯 대답하자, 흑표와 유설은 결국 웃음을 참지 못하고 '쿡!' 소리를 내고 말았다.

장군은 얼굴이 귀 밑까지 발갛게 달아올라서 씨근거렸다.

진양이 부드러운 표정으로 말했다.

"우선 저희에게 잘못도 있으니 장군을 따라가겠습니다. 너무 노여워하지 마십시오."

"흥! 좋소! 어디 그 여유가 어디까지 이어질지 두고 봅시다!"

장군이 수하들을 향해 소리쳤다.

"이들을 포박해서 끌고 가라!"

결국 장군에게 포박당한 진양 일행은 남경의 북동쪽에 위치한 연왕의 진영까지 이끌려 갔다. 모두들 침착한 태도로 병사의 뒤를 따라가며 주변을 살피는데, 유독 서요평만이 쉴 새 없이 불만을 투덜거렸다.

"니미럴! 굳이 이렇게 갈 필요는 뭐가 있나? 이놈들을 묶어서 끌고 가도 시원찮을 판에!"

진양이 웃으며 나직이 말했다.

"만약 그랬다간 정말 연왕과 적이 될 겁니다. 오히려 이렇게 얌전히 끌려간다면 그쪽에서 마음을 더 놓고 대하겠지요."

"흐음. 역시 그런 작전을 이용해서 얌전히 다가가서 목을 딴다는 전략인가?"

진양은 그저 부드럽게 웃을 뿐 대꾸하지 않았다.

이들의 대화 소리는 장군에게도 충분히 들렸다.

장군은 서요평이 '목을 딴다'는 말을 할 때마다 내심 발끈했지만 굳이 나서서 따지고 들지 않았다. 사실 이들의 무공 실력이 얼마나 막강한지 알 수도 없거니와 어차피 이렇게 고분고분 잡혀준 이상 괜히 자극시킬 필요 없이 진영으로 끌고 가면 그만이었다.

언덕을 넘어서자 먼발치에 진영이 내려다보였다.

진영 내에서 분주하게 움직이는 병사들은 연이은 승전으로 한껏 들뜬 분위기였다.

이윽고 진양 일행이 병사들에게 이끌려 진영 안으로 들어가니 주변을 지나치는 병사들이 곁눈질로 힐끔거리며 바라보았다.

이들이 어수선한 병사들 틈을 헤집으며 막사 앞을 지나치는데, 마침 그 안에서 잿빛 승복을 차려입은 승려 한 사람이 불쑥 튀어나왔다.

그러자 진양 일행을 끌고 가던 장군이 그 자리에 멈춰 서서 승려를 향해 깍듯이 인사를 올렸다. 아마도 꽤나 높은 자리에 있는 인물인 듯했다.

사실 그가 바로 연왕의 모사인 도연(道衍)이었다.

도연은 포박되어 있는 진양 일행을 힐끔 쳐다보더니 물었다.

"무슨 일이냐?"

그러자 장군이 어깨를 펴며 당당한 표정으로 말했다.

"이자들이 왕야를 모욕하기에 압송해 왔습니다."

"흐음……."

도연은 진양 일행을 찬찬히 훑어보았다.

연왕을 모욕하다가 적발되어 끌려온 사람들치고는 하나같이 기개가 남달랐다. 오히려 마치 큰 대접이라도 해줘야 할 것처럼 당당한 표정이 아닌가?

도연은 마지막으로 진양을 바라보았고, 허리춤에 차고 있는 수호필을 보았다.

그 순간 그의 뇌리에 한 사람이 스쳐 지나갔다.

도연이 진양에게 다가가서 포권을 취하며 물었다.

"혹시 신필대협 양 장문이 아니신지요?"

도연이 몹시 공손한 태도로 물어오자, 진양도 얼른 반례로 허리를 숙이며 답했다.

"불초한 소인이 어찌 그런 별호가 어울리겠습니까? 그저 양 아무개로 불러주시면 됩니다."

그러자 도연이 환한 표정으로 웃으며 말했다.

"예전부터 양 장문의 명성을 들으며 마음 깊이 흠모하고 있었습니다. 한데 이렇게 뵙게 되다니……."

말을 하던 도연은 그제야 상대방이 포승줄에 묶여 있다는 것을 깨닫고 날카로운 눈초리로 장군을 쏘아보았다.

진양 일행을 끌고 왔던 장군은 이야기가 생뚱맞게 흐르자, 좌불안석이 된 마음에 어쩔 줄을 몰랐다.

도연이 그에게 성큼성큼 걸어가더니 다짜고짜 오른손을 휘둘러 장군의 뺨을 올려붙였다.

짝―!

어찌나 세게 쳤는지 장군이 뒤로 한 걸음 휘청일 정도였다.

장군은 물론 진양 일행 모두가 놀라서 어리둥절한 표정으로 도연을 바라보았다.

도연이 감히 거부할 수 없는 위엄 서린 목소리로 엄하게 꾸짖었다.

"자네는 어찌 귀인을 몰라뵙고 이런 실수를 저질렀단 말인가!"

"하, 하지만… 이자들은 연왕을 모욕하고……."

"닥쳐라! 상대를 보아서 행동해야 할 것이 아닌가? 네놈이 실수를 인정하지 않는단 말이냐?"

그러자 장군이 더 이상 말을 못하고 고개를 숙였다.

"잘, 잘못했습니다."

도연이 혀를 끌끌 차더니 주위를 향해 소리쳤다.

"여봐라! 당장 이 녀석을 끌고 가서 목을 베어라!"

졸지에 무시무시한 명이 떨어지자 장군을 비롯한 진양 일행은 화들짝 놀라서 도연을 바라보았다. 그러거나 말거나 도연의 주위에 서 있던 병사들은 일제히 '예!' 하고 외치며 장군의 양팔을 끌어 잡았다.

진양이 더는 가만히 두고 볼 수 없어 얼른 나섰다.

"군사께서는 노여움을 푸시지요. 저자는 잘못이 없습니다. 저희들이 공공연한 장소에서 말을 함부로 한 것 또한 사실이니, 저자는 그저 본연의 임무에 충실했을 뿐입니다."

하지만 도연은 고개를 저었다.

"아니 될 말이지요. 양 장문처럼 명망있는 분이 그런 짓을 하실 리가 있겠습니까? 지금도 양 장문은 마음이 너그러워 저 미련한 것을 살리려고 그러시는 게 아닙니까? 저런 놈들은 벌을 받아야 마땅하니 신경 쓰지 마십시오."

진양은 그의 말을 들으며 내심 두려운 마음이 들었다.

'이자는 권모술수에 능하구나. 순식간에 우리를 불리한 위치로 만들었다. 아까까지만 해도 우리는 떳떳한 태도였는데, 이자의 말 한마디로 죄인 아닌 죄인이 된 기분이구나.'

하지만 이대로 무고한 사람이 죽는 것을 그냥 두고만 볼 수도 없었다.

진양이 다시 말을 하려는데, 서요평이 불쑥 나섰다.

"흥! 그렇게 우리를 존경한다면, 양 장문의 말을 듣는 것도 좋지 않은가? 말로는 존경한다고 하면서 어찌 우리의 말에 귀 한 번 기울이지 않는단 말인가?"

도연처럼 영악한 자에게는 때때로 서요평처럼 단순한 화법이 통할 때가 있는 법이다.

그가 대놓고 불만을 토하니, 도연도 딱히 반박할 것이 없었다.

결국 그가 부드럽게 웃으며 말했다.

"좋습니다. 여러분께서 그렇게 마음을 써주시니 형벌을 가볍게 하지요. 하지만 군율은 엄격해야 기강이 서는 만큼 없었던 일로 할 수는 없습니다."

그러더니 도연은 다시 병사를 불러 끌려간 장군의 목을 치는 대신 장 백 대를 때리도록 지시했다.

그 장군의 입장에서는 졸지에 장 백 대를 맞아야 하는 억울함이 있겠지만, 진양으로서는 목숨을 구한 것만으로도 다행이라 여겼다.

도연이 부드럽게 웃으며 말했다.

"왕야께서 여러분을 만나면 틀림없이 기뻐하실 겁니다. 이왕 어려운 걸음을 하신 김에 왕야를 한 번 뵙고 가시지요."

"저희로서는 영광일 따름입니다."

도연은 크게 기뻐하면서 진양 일행을 잠시 자신의 막사에 머물게 하고는 연왕의 막사로 찾아갔다.

막사에 일행만 남게 되자 진양은 유설을 향해 물었다.

"누이는 혹시 저자가 누군지 아시오?"

아무래도 어렸을 때부터 표국의 일을 해왔던 유설이기에 세상의 일에는 일행 중 그녀가 가장 밝았다.

역시나 유설은 막힘없이 대답했다.

"아마 도연이라는 승려일 거예요. 일찍이 석응진(席應眞) 도사에게 음양술을 배웠고, 후에 경수사(慶壽寺)의 주지로 있으면서 연왕의 정치를 도왔죠. 어려서 아버지에게 듣기로는 굉장히 영악하고 권모술수에 뛰어나다고 하더군요."

진양이 고개를 끄덕이며 수긍했다.

"나 또한 저 승려가 무척 예리하다고 생각했소."

그때 흑표가 입을 열었다.

"저 도연이라는 자는 돌아가신 남옥 대장군께서도 몹시 싫어하셨습니다. 저자는 처음부터 연왕에게 하얀 모자를 씌워주겠다고 했다더군요."

"하얀 모자라… 아……!"

진양이 뭔가를 깨달은 듯 고개를 끄덕였다.

왕(王)에게 흰색(白) 모자를 씌운다면 글자로 풀이했을 때 바로 '황(皇)' 자가 아닌가?

즉, 도연은 처음부터 연왕을 황제로 만들 계획을 가지고 있었던 것이리라.

진양 일행이 이런저런 이야기를 나누고 있는데, 잠시 후 도연이 돌아왔다.

그가 흡족한 미소를 지으며 말했다.

"왕야께서도 여러분을 몹시 만나고 싶어 하십니다. 저를 따라오시지요."

진양 일행은 도연을 따라 막사를 나갔다.

그들은 곧 가장 큰 막사 안으로 들어섰다. 막사 안에는 크고 넓은 탁자가 놓여 있었는데, 술과 고기가 푸짐하게 차려져 있었다.

탁자 좌우에는 진양 일행에게 낯익은 자들이 있었는데, 바로 천의교의 위교사왕과 곽연이었다. 그리고 정면의 상석에는 체격이 우람하고 강직한 인상의 사내가 있었는데, 일행은 한눈에 그가 바로 연왕 주체라는 것을 알아보았다.

진양 일행이 막 무릎을 꿇고 예를 갖추려는데, 연왕이 손을 내저으며 다가왔다.

"허허허! 번거로운 예는 거두시오. 내 그대들의 이야기를 일찍이 들어왔소이다. 평소 그대들을 꼭 한 번은 만나고 싶어 했는데, 오늘 이렇게 보게 되니 기쁘기 그지없소이다. 이쪽으로 오시오."

이에 진양도 손을 모으고 인사했다.

"왕야를 만나뵙게 되어 영광입니다."

"허허, 자, 앉으십시다."

연왕은 비어 있는 탁자 한쪽으로 진양 일행을 안내했다.

일행이 모두 자리에 앉자, 마주 앉은 천의교의 위교사왕이 정식으로 인사를 했다.

"나, 천의교의 파천일왕 마천강이오."

제일 먼저 마천강이 자신을 소개했다. 그리고 옆에 앉아 있던 노인이 싱글벙글 미소 지으며 입을 열었다.

"마소장왕 범릉(范凌)이올시다. 반갑소."

"난 알 테지? 갈지첨이다."

세 번째 앉아 있던 갈지첨이 냉랭한 표정으로 소개를 했고, 네 번째로 앉은 중년 여인이 말을 이어받았다.

"비도옥왕 여만옥(余滿玉)입니다."

마지막으로 곽연은 눈인사를 보내는 것으로 그쳤다. 진양 일행도 형식적인 인사를 건네고 나서야 주체가 환하게 웃으며 말했다.

"허허허! 이미 서로 안면이 있는 눈치이구려! 좋소! 자, 우리 오늘 이렇게 만난 기념으로 술이나 거하게 합시다!"

진양 일행과 연왕, 그리고 천의교 무인들은 함께 어울려 술을 마시기 시작했다.

하지만 서로 이런저런 이야기를 나누면서도 묘한 긴장감은 어쩔 수가 없었다.

특히 모든 것을 부정적으로만 생각하는 서요평은 지금 이 자리가 불만스러워 견딜 수가 없었다. 그는 어떻게든 시비를 걸고 싶던 차였다.

한데 마침 그가 고기를 먹으려고 젓가락을 접시로 가져가는데, 비도옥왕 여만옥이 먼저 집는 것이 아닌가? 이에 얼른 서요평이 젓가락을 내뻗어 여만옥이 집은 고기를 낚아챘다.

여만옥이 어이없다는 표정으로 쏘아보자, 서요평이 웃으며 말했다.

"원래 이 고기는 내가 먹으려고 찜해두었던 것일세."

그러고는 고기 한 점을 입으로 가져가려는데, 여만옥이 잽싸게 젓가락을 날려 보냈다. 결국 고기는 서요평의 입에 들어가기 직전에 여만옥의 젓가락에 꿰뚫린 채 날아갔다.

한데 그 젓가락이 부드럽게 곡선을 그리며 여만옥의 손으로 다시 돌아와 잡히는 것이 아닌가.

그녀의 별호가 무엇인가.

비도옥왕이 아니던가.

그녀는 비도술을 응용하여 젓가락을 날려 보내 고기를 낚아챈 것이다.

그녀가 희미하게 미소 지으며 말했다.

"죄송해요. 제가 먼저 집었어요."

"흥! 어디 먹을 수 있으면 먹어보시지!"

말을 마친 서요평은 벌떡 일어나더니 재빨리 젓가락을 뻗어 고기를 다시 낚아챘다. 그 일련의 행동 과정이 매우 신속하고 정확했기에 여만옥은 어떠한 방어도 취할 수가 없었다.

뒤늦게 여만옥이 젓가락을 뻗어냈지만 그때마다 서요평이 교묘하게 젓가락을 놀려 그녀의 기습을 막아냈다.

결국 고기는 서요평의 입안으로 들어갔다.

서요평이 고기를 우물우물 씹으며 말했다.

"으음! 맛있군! 맛있어! 세상에서 가장 맛있는 고기군! 하하하!"

여만옥은 아랫입술을 질끈 깨문 채 자리에 앉아버렸다.

사실 그깟 고기야 다른 걸 먹으면 그만이다.

하지만 무인으로서의 자존심이 허락하지 않는 것이다.

이때 서운지가 접시의 다른 고기를 집으며 말했다.

"거참, 형님도. 다른 고기도 똑같은 맛인데 뭘 굳이 그걸 먹으려고 하십니까? 허허."

그러면서 그가 고기 한 점을 집어 가져가려는데, 이번에는 갈지첨이 그가 집은 고기를 젓가락으로 낚아채는 것이 아닌가.

"이 놀이가 꽤 재미있어 보이는데, 나랑 한 번 즐기지 않겠소?"

갈지첨의 도발에 서운지가 싱글벙글 웃으며 말했다.

"좋소이다."

말을 마침과 동시에 서운지의 손이 번뜩이는가 싶더니 어느새 갈지첨이 가져간 고기를 다시 가져온 것이 아닌가? 그의 신속한 손놀림에 갈지첨이 내심 놀랐지만 당황하지는 않았다.

그가 히죽 웃더니 다시 젓가락을 뻗어 서운지가 가져간 고기를 집었다.

두 사람의 젓가락이 고기 하나를 두고 양쪽에서 집어 당기니 자칫 고기가 찢어지게 생겼다. 만약 고기가 찢어지면 이 싸움은 아무런 의미가 없지 않겠는가.

이에 갈지첨이 젓가락을 벌려 고기를 놓더니, 이내 서운지의 손목 혈도를 노리고 내찔렀다.

서운지는 고기를 계속 들고 있다가는 손목 혈도가 찔리게 생겼기에 얼른 고기를 허공으로 휙 집어 던졌다. 그리고 냉큼 젓가락을 돌려세워 갈지첨의 젓가락을 막아냈다.

두 사람의 젓가락이 매우 빠르게 서로 찌르고 막아가며 공방전을 펼쳤다.

탁! 타탁! 탁!

그 움직임이 몹시 빠르고 현란해서 지켜보는 사람들마다

탄성을 내질렀다.

그러다가 고기가 다시 탁자 위로 떨어질 때쯤 정확히 두 사람이 동시에 젓가락을 뻗어 고기를 집는 것이 아닌가?

두 사람은 서로를 쳐다보고 씨익 웃었다.

다음 순간 서운지가 먼저 젓가락을 놓고 상대의 손목 혈을 찌르며 들어갔다. 조금 전 갈지첨이 써먹은 방법과 똑같은 것이었다.

하나 갈지첨은 이미 이를 예상하고 있었기에 얼른 고기를 높이 집어 던진 다음 젓가락을 휘둘러 상대의 공격을 막아냈다.

다시 서로의 젓가락이 어지럽게 뒤섞이며 치열한 공방전을 펼쳤다.

한데 이때쯤 떨어질 때다 싶어 고개를 든 서운지는 깜짝 놀라고 말았다.

고기가 탁자 위로 떨어지는 것이 아니라 갈지첨의 머리 위로 떨어지고 있었다.

갈지첨이 일부러 자신 쪽으로 고기를 던져놓았던 것이다.

그러는 사이 갈지첨은 여유있게 서운지의 공격을 막아내며 떨어지는 고기를 입으로 덥석 받아먹었다. 결국 이번에는 갈지첨이 고기를 가져간 승자가 된 것이다.

그가 우물우물 씹으며 말했다.

"하하하! 내 생각에 방금 먹은 고기가 아마도 세상에서 제일 맛있는 것 같소이다!"

서운지가 껄껄 웃으며 답했다.

"갈 형의 재주에 실로 감탄했소이다. 맛있는 고기를 드셨다니 감축드리오."

그러자 서요평이 콧방귀를 뀌며 말했다.

"흥! 뭐가 세상에서 제일 맛있단 말이냐? 세상에서 제일 맛있는 고기는 내가 이미 먹었다! 그러니 방금 그대가 먹은 것은 세상에서 두 번째였을 것이다!"

"하지만 내가 그 고기를 먹어보지 않았으니 모르는 일 아니오? 또한 당신도 내 고기를 먹어보지 않았으니 모를 일이 아니겠소?"

"닥쳐라! 지금 내 말을 못 믿겠다는 거냐?"

"믿고 안 믿고의 문제가 아니지. 난 그저 내가 먹은 고기가 제일 맛있었다고 생각할 뿐이외다."

"흥! 그렇다면 누구 고기가 더 맛있는지 확인해 보자!"

"어찌 확인한단 말이오?"

"먹었던 것을 게워내서 보자! 나부터 꺼내 보이지!"

그러더니 서요평은 정말로 손가락을 입에 넣고 먹은 것을 토해내려고 했다.

마침 그 옆에 앉아 있던 가신풍이 화들짝 놀라 그를 제지

했다.

"에헤이! 지금 그걸 꺼내서 뭘 어찌 확인한단 말입니까? 제가 인정할 테니 그건 그만둡시다!"

그래도 서요평은 끝까지 뱃속에 든 걸 끄집어내겠다며 떼를 썼지만, 결국 진양이 나서서 말리는 바람에 그만두었다.

이를 본 연왕이 흡족하게 웃으며 말했다.

"과연 여러분의 신공이 얼마나 뛰어난지 확실히 알았소. 그야말로 대단한 실력들이오!"

그가 박수를 치자 천의교 무인들이 고개를 숙여 보였다.

진양 역시 감사의 뜻으로 받아들이고는 술을 한 잔 들이켰다. 그리고 안주로 고기를 집는데, 이번에는 파천일왕 마천강이 그 고기를 또 집었다.

모두의 시선이 두 사람에게 쏠렸다.

연왕 역시 흥미로운 눈길로 진양을 바라보았다.

한데 진양이 부드럽게 웃으며 고기를 놓는 것이 아닌가.

"이거 죄송하게 됐습니다. 그처럼 고기가 드시고 싶으신 줄은 몰랐습니다. 저는 다른 걸 먹지요."

그러더니 다른 접시에서 콩을 집어 먹었다.

이렇게 되자 마천강은 마치 고기를 먹지 못해 안달이라도 난 사람처럼 비쳐져 괜히 무안해지고 말았다.

그는 헛기침을 한 번 하고는 고기를 집어 먹었다. 그리고 아마도 지금 먹는 고기가 세상에서 제일 맛이 없는 것이리라 생각했다.

주체는 그 모습을 보고 흐뭇한 미소를 지으며 말했다.

"양 장문께서는 내 술잔을 받으시오."

"황공하옵니다, 전하."

진양이 공손한 태도로 술잔을 받자, 연왕은 술병을 내려두며 말했다.

"내 양 장문의 명성은 익히 들어 알고 있었소이다. 특히 도연 군사는 내게 늘 말해왔소. 남경의 학자 방효유(方孝孺)와 대별산의 양 장문만큼은 적으로 두지 말아야 한다고 말이오. 오늘 이렇게 그대들을 만나보니 과연 군사의 말이 한 치도 틀림이 없다는 것을 깨달았소이다."

"보잘것없는 재주를 높이 평해주셔서 그저 감사할 따름입니다."

"하하하! 그대는 겸손이 지나치구려!"

주체는 기분 좋게 술잔을 들이켜더니 다시 말을 이었다.

"이 나라는 지금 몹시 어지럽소. 간신들이 황제 곁에서 아첨을 일삼고 시시때때로 간언을 퍼붓고 있으니, 어찌 나라와 백성이 안녕할 수 있겠소? 이에 나는 정난의 뜻을 품고 병사들을 일으켰소. 그게 벌써 사 년째요. 그런데 나는……."

그때였다.

시종 하나가 술병을 들고 왔는데, 마침 그 술병을 쓰러뜨리면서 술이 서요평의 옷을 적시고 말았다.

"어이쿠!"

서요평이 얼른 일어나며 물러나자, 시종이 고개를 조아리며 사죄했다.

"죄송합니다, 정말 죄송합니다."

이를 본 주체는 얼굴 표정이 딱딱하게 굳어지더니 이내 주위를 둘러보며 소리쳤다.

"여봐라!"

"옛!"

"귀한 손님들께 실례를 저지른 저놈의 목을 당장 쳐라!"

"옛!"

병사들이 곧 시종을 좌우에서 잡더니 질질 끌고 가기 시작했다. 너무 놀란 시종은 살려달라고 빌었지만, 주체는 눈썹 하나 까딱하지 않았다.

진양이 얼른 나서서 말렸다.

"사사로운 실수일 뿐입니다. 명을 거두어주십시오."

"이곳은 전장이오. 전장에서 사사로운 실수는 때로 아군의 떼죽음이 될 수도 있는 법이오."

"하나 지금은 그런 상황이 아니지 않습니까?"

"양 장문께서는 신경 쓰지 마시오. 군율이 엄하다는 것을 보여주기 위해서라도 본보기가 필요한 법이지."

진양은 더 이상 말해봐야 통할 것 같지가 않아 입을 다물고 말았다.

'잔인하기가 그 아비에 그 아들이로구나. 전대의 황제 못 지않게 냉혹하다. 이자가 황권을 쥐게 되면 앞으로 얼마나 많은 피를 흘려야 할 것인가? 참담하도다.'

주체는 진양의 표정이 좋지 않은 것을 보고 얼른 화제를 돌렸다.

"하하하! 내 듣기로 양 장문께서는 필력이 좋고 필체가 뛰어나다고 들었소이다."

그러자 도연이 나서서 거들었다.

"왕야, 양 장문의 필력은 천하의 학자라 불리는 방효유와 필적할 만큼 대단합니다."

진양이 손사래 치며 답했다.

"말도 안 됩니다. 불초한 제가 어찌 그분과 비교될 수 있겠습니까?"

방효유는 명나라 초기의 학자로 굉장히 학식이 뛰어나고 글재주가 남다른 위인이었다. 당시 명나라의 선비들은 그의 글을 필사하는 것이 유행일 정도였다.

특히 조정의 모든 조서나 격문 등은 그의 붓으로 작성되었다.

진양은 평소 그의 명성을 듣고 흠모해 왔던지라 감히 그와 비교되길 거부했다.

하지만 무인들과 몇 학자들 사이에서는 신필문의 양진양이 이미 방효유의 재능을 뛰어넘었다고 생각하는 자들도 존재했다.

주체는 껄껄 웃으며 말했다.

"양 장문은 너무 겸손하면 그것도 실례인 것을 모르시오? 그러지 말고 그 뛰어난 재주를 내게 좀 보여주심이 어떻겠소?"

"무엇을… 말씀하시는 건지요?"

"내게 글을 적어주시는 것은 어떻소. 아주 크게 글을 적어준다면 내 그 글을 항상 막사에 붙여두고 지내겠소."

"미천한 재주이지만 왕야께서 원하신다면 써드리겠습니다. 어떤 글을 원하십니까?"

그러자 주체는 크게 기뻐하며 사람들을 시켜 커다란 천과 묵을 가져오게 했다.

병사들은 곧 평평한 대리석을 나르더니 바닥에 이어 붙여 넓게 깔았다. 그리고 그 위에 깃발을 만들 때 쓰는 것과 같은 크고 하얀 천을 펼쳐놓았다.

주체가 진양에게 다가가 말했다.

"대업을 이루기 위해 지금 내게 필요한 것을 적어주시면 어떻겠소? 양 장문께서는 생각이 깊으니 내가 생각지 못한 것을 적어줄 수 있을 것 같소."

진양이 잠시 생각하다가 고개를 끄덕였다.

"알겠습니다. 바로 적어드리지요."

"하하하! 고맙소!"

진양은 팽팽하게 잡아당겨진 천 앞에 멈춰 섰다. 그는 대충 눈대중으로 천의 크기와 글자의 크기를 가늠한 다음 수호필을 먹에 담갔다.

이윽고 그가 수호필을 휘두르며 글자를 큼직하게 새겨 나갔다.

굵고 힘찬 획이 그어지다가도 부드러운 곡선이 이어지며 물결처럼 흘러내렸다.

붓으로 점을 찍어나갈 때는 마치 마음 한편에 있던 무언가를 뚝 떼어다가 내려놓은 듯했다.

첫 글자가 끝나고 두 번째 글자가 이어졌다.

두 번째 글자는 시종 강하고 굳건한 느낌을 가지게 하는 획이었다. 마치 묵직한 바위처럼 그 자리에 박힌 듯 꿈쩍도 하지 않을 듯한 글자였다.

그렇게 두 번째 글자를 쓰고 난 진양은 수호필을 거두었다.

그가 적은 글자는 단 두 글자였다.

忠臣.

모두가 그 글자를 보고 감회에 젖어 입도 벙긋하지 않았다.

글을 본 주체 역시 묘한 감정이 그의 마음을 휘감았다.

한참 만에야 주체가 안면 가득 미소 지으며 입을 열었다.

"충신이라……! 충신… 과연 좋은 말이오."

주체는 고개를 끄덕이며 말을 이었다.

"군사도 내게 늘 말했소이다. 지금은 내게 충성할 믿음직한 신하들이 필요하다고 말이오. 역시 양 장문도 그와 같은 생각을 하고 있었구려. 하하하."

그러나 진양은 쓸쓸하게 웃으며 말했다.

"글은 바로 읽으셨으나, 뜻은 바로 읽지 못하셨습니다."

"음? 그건 무슨 말이오?"

주체가 이맛살을 슬쩍 구기며 되물었다.

진양이 대답했다.

"아뢰옵기 황송하오나, 왕야를 위해 충성할 신하가 필요하다는 것이 아니라 왕야 스스로가 충신이 될 필요가 있다는 뜻입니다."

"끄음……."

주체가 침음을 흘리며 진양을 지그시 바라보았다.

순간 막사 내의 분위기는 찬물을 끼얹은 듯 고요해졌다. 서로가 불편한 침묵을 피부로 느끼며 눈치만 보고 있을 때, 진양이 담담한 목소리로 말을 이어갔다.

"많은 백성들이 기나긴 내전으로 지치고 굶주리고 있습니다. 또한 몽골족에 대한 불안감도 있으니 나라가 안팎으로 위기이옵니다. 백성들을 생각해서라도 스스로 황제의 신하임을 인정하시고 이만 물러가시는 것이 어떨는지요?"

목소리는 나긋나긋했지만, 내뱉는 말 한마디 한마디는 그야말로 대범하기 짝이 없었다.

누구보다 놀란 사람은 바로 도연이었다.

그는 진양이 말 한마디를 내뱉을 때마다 두 눈을 부릅뜨고 주체의 눈치를 살피느라 여념이 없었다.

주체는 진양을 가만히 노려보다가 가볍게 웃으며 답했다.

"좋은 말이오, 참으로 좋은 말이오. 예로부터 영웅은 시대를 잘 알아야 한다고 했소. 그런 의미로 보면 과연 양 장문은 이 시대의 영웅이오. 나 역시 양 장문과 같은 생각을 하고 있었소. 지금 이 나라는 안팎으로 위기를 겪고 있다는 그 생각 말이오."

주체는 자리로 돌아가 앉더니 술잔에 술을 따르며 말을 이었다.

"자, 다시 앉아서 이야기 나눕시다. 다들 앉으시오."

모두가 다시 탁자로 돌아와 앉자 주체는 병사들을 시켜 진양이 쓴 글씨를 막사 한옆에 걸어두도록 했다. 그러고는 다시 좌중을 둘러보며 입을 열었다.

"하던 말을 계속하겠소. 이 나라가 위기를 겪고 있는 것이 다 무엇 때문이겠소? 양 장문의 말씀처럼 황제 곁에 현명한 신하가 없어서 그렇소이다. 충신은 사라지고, 간신만이 들끓고 있으니 나라가 제대로 설 리가 있겠소? 이에 나는 그 간신들을 척결하려는 것이오. 해서 나는 정난군을 일으켰다오."

"하오나……."

진양이 뭐라고 입을 열려고 하는데, 주체가 손을 들어 그의 말을 제지했다.

"내 말을 마저 하겠소. 오늘 그대는 나에게 같은 글자를 두고 서로 뜻이 달랐다고 했는데, 나는 반대로 생각하고 있소. 뜻은 같으나 방법이 다르다고 말이오. 내 진정 이 나라의 충신이 되기 위해서라도 정난을 멈출 수는 없소이다."

주체의 마지막 말투와 억양은 굉장히 단호하고 명백했다.

진양은 주체를 도저히 말로는 설득할 수 없다는 것을 심각하게 깨달았다.

동시에 그는 자신의 무능함을 탓했다.

'내가 아직도 멀었구나. 글자로 뜻을 전하는 경지에 이르지 못했으니 왕야를 설득하지 못한 것이다.'

진양은 결국 머리를 조아리며 대답했다.

"왕야의 뜻, 잘 알겠습니다."

"그대가 알아주었다니 기쁘오. 어떠시오, 양 장문도 나와 함께 대업을 이루지 않겠소? 그대와 같이 현명한 무인이 나를 도와준다면 분명 내게 큰 힘이 될 것이오."

하지만 진양은 부드럽게 고개를 저으며 대답했다.

"불초한 제가 어찌 왕야를 도울 수 있겠습니까? 또한 저는 왕야께서 말씀하셨듯이 서로 방법이 다르므로 도와드리기가 힘들 것입니다."

말투는 조곤조곤했지만, 결론적으로 주체의 뜻에 동의할 수 없다는 말이었다.

이에 주체의 표정이 짐짓 딱딱하게 굳어졌다.

그가 술잔을 들이켜고는 말했다.

"하면 그대는 나의 일을 방해할 생각이오?"

진양은 잠시 생각을 하다가 입을 열었다.

"저는 그저 제가 생각하는 도리를 따를 뿐입니다. 그 행동이 왕야께 방해가 될지 득이 될지는 아직 알 수 없지요."

주체는 가만히 진양을 노려보다가 이내 파안대소했다.

"하하하하! 좋소! 좋소이다! 과연 양 장문의 기개는 천하영웅이라 할 만하오! 자, 드시오!"

주체는 다시 술병을 들어 진양의 잔을 채워주었다.

술이 몇 순배 돌고 나자, 진양 일행이 자리에서 일어났다.

주체는 막사 밖까지 나와 그들을 배웅해 주었다.

"오늘 이렇게 융숭한 대우를 해주서서 황공하옵니다."

"하하. 별말을. 나 역시 그대들을 만나서 반가웠소. 다음에 인연이 되면 또 보도록 합시다. 잘 살펴 가시오."

"예, 전하."

진양 일행이 한차례 읍을 하고는 물러가자, 주체 역시 막사로 돌아왔다.

그가 막 들어서자 우측 한편에 진양이 쓰고 간 '충신(忠臣)'이라는 글자가 큼직하게 걸려 있었다.

마침 뒤따라 들어오던 천의교 무인 중 갈지첨이 말했다.

"왕야, 저들을 이대로 보내서서는 안 됩니다. 훗날 근심거리가 될 것입니다."

하지만 주체는 묵묵히 걸음을 옮기더니 자신의 자리로 돌아가 앉았다. 그가 술잔에 술을 채우는 동안 파천일왕 마천강도 갈지첨의 의견을 거들었다.

"저 역시 삼왕과 같은 생각입니다. 저들을 그냥 보내시면 분명 후회할 일이 생길 것입니다. 명을 내려주십시오."

"신, 곽연도 같은 생각입니다."

마지막엔 곽연까지 나서서 말했다.

주체가 술잔을 매만지며 도연을 돌아보았다.

"흐음. 군사는 어찌 생각하시오?"

도연은 미간을 찌푸린 채 깊이 생각에 잠겼다. 사실 그는 인재를 아끼고 되도록 아군으로 만들고 싶어 했다.

한데 오늘 진양의 모습을 보니 도저히 아군이 될 가능성은 보이지 않았다.

그가 고개를 조아리며 씁쓸한 목소리로 말했다.

"저들이 적어도 도움이 되진 않을 것 같습니다."

"흐음."

주체는 다시 한 번 침음을 흘리더니 술잔을 단숨에 들이켰다.

지금 이 순간 그로서는 큰 결단을 앞두고 있는 것이나 다름없었다.

지금의 결단이 앞으로의 행동에서도 기준이 될 수 있었다.

한참을 생각하던 그는 들고 있던 잔을 대리석 위로 던졌다.

쨍그랑!

술잔이 산산조각 나면서 깨졌다.

그가 뱃속부터 올라오는 취기를 느끼며 단호히 말했다.

"쳐라."

"명 받들겠습니다!"

천의교 무인들과 곽연이 일제히 한목소리로 대답하며 휘적휘적 걸어나갔다.

주체는 그들이 나가는 모습을 보고는 다시 옆에 걸려 있는

'충신' 이라는 글자를 바라보았다.

그는 처음부터 이 글자가 마음에 들지 않았다.

그는 진양이 무슨 뜻에서 그 글자를 썼는지 어렴풋이 알고 있었다. 부정하려고 해도 그의 필체에서 그 뜻이 전달되어 왔던 것이다.

그는 천천히 일어나더니 허리춤에서 장검을 뽑아 들었다. 순간, 그가 기합성을 터뜨리며 검을 휘두르자 큼직하게 적혔던 '충신' 이라는 글자가 정확히 양분되며 바닥에 떨어졌다.

"이 너저분한 것을 당장 치워라."

그의 명에 병사들 몇이 신속히 다가와 찢어진 천을 수거해 갔다.

주체가 바닥에 칼을 내리꽂으며 묵직한 목소리로 말했다.

"누구든 내 뜻을 거부하는 자가 있다면 앞으로 결코 용서치 않을 것이다. 십 족을 멸하고 가문을 덩굴째 뽑아버리는 한이 있어도!"

훗날 그는 황제로 등극한 후, 자신의 뜻을 거부한 방효유의 사지를 찢어 죽이고 정말로 십 족을 멸한다. 그 당시 무고하게 죽은 자들만 무려 팔백칠십여 명에 달했다.

또한 자신을 암살하려고 했던 경청(景淸)을 죽이고, 그의 가문의 묘소를 파헤쳤으며 고향마저 멸적해 버렸다. 당시 경청의 고향은 삽시간에 잿더미로 변했다고 한다. 뿐만 아니라 경청과 조금이라도 관련있는 자들은 모두 잡아 죽였다고 하니, 그 잔인함은 말로 표현하기 힘들 지경이리라.

이렇듯 주체는 자신의 뜻에 반하는 자가 있으면 매우 무서운 형벌을 가했는데, 어쩌면 이때부터 이미 그러한 비정함이 생겨났는지도 모른다.

第二章
대군과 맞서다

神筆天下
신필천하

진양 일행이 막 연왕의 진영을 벗어나려던 순간이었다.

한데 갑자기 뒤에서 그들을 부르는 소리에 멈춰 섰다.

"양 장문! 잠시 기다려 주시오!"

진양 일행이 고개를 돌려보니 천의교 무인들과 곽연이 빠르게 달려오고 있었다. 그들의 움직임에 따라 주변 병사들의 동태도 묘하게 변하고 있었다.

서요평이 침을 탁 뱉더니 말했다.

"에잇, 퉤! 이놈들이 우리를 그냥 보내줄 리가 없다고 생각했지! 개 같은 놈들!"

서운지가 껄껄 웃으며 말했다.

"또 그리 부정적인 생각이시우? 헤어지는 마당이니 뭔가 우리에게 선물을 주려는 것이 아니겠수?"

그러나 이번만큼은 진양도 서요평을 거들었다.

"아무래도 이번에는 느낌이 좋지 않군요."

흑표가 말했다.

"그냥 가는 것이 좋겠습니다. 저들을 기다릴 필요가 없습니다."

"그래요, 저 역시 같은 생각이에요."

유설이 흑표의 말을 거들었다.

진양이 고개를 끄덕였다.

"그럼 이대로 갑시다."

진양 일행은 서둘러 걸음을 옮기기 시작했다.

반면 진양 일행을 쫓아오던 천의교 무인들은 이를 보고 다시 소리쳤다.

"양 장문! 내 목소리가 들리지 않소? 잠시 멈추시오! 전하께서 여러분께 전하라는 선물이 있소이다!"

결국 서요평이 참지 못하고 돌아서서 소리쳤다.

"흥! 그딴 수작에 넘어갈 성싶으냐? 그렇게 말해놓고 우리를 치려는 속셈이겠지?"

진양 일행은 이제 달리기 시작했다.

그러자 마천강이 우렁찬 목소리로 외쳤다.

"저들을 빠져나가지 못하도록 잡아라!"

그의 명이 떨어지자, 주위에 있던 병사들이 삽시간에 진양 일행을 포위했다.

아직 진영을 완전히 벗어나지 못한 일행이었기에 포위망은 순식간에 겹겹이 둘러싸이고 말았다.

흑표가 서요평을 탓했다.

"그걸 참지 못해서 일을 크게 만드십니까?"

"흥! 무섭냐?"

"누가 무섭다고 했소?"

"무섭지 않으면 무슨 불만이 그리 많으냐?"

흑표는 한마디 더 하려다가 이내 입을 다물고 고개를 저었다.

서요평이 가장 먼저 땅을 박차고 쏘아져 나갔다.

"길을 열어라! 감히 어르신 앞을 막아보겠다니 배짱들이 좋구나!"

순식간에 그가 병사들 서너 명을 베어내며 길을 뚫으려 하자, 병사들이 우르르 몰려들어 그를 공격했다. 이에 흑표가 그에게 바짝 다가가 뒤를 받쳐 주었다.

진양 일행은 이제 어쩔 수 없이 포위망을 뚫기 위해서 무기를 꺼내 들어야만 했다.

진양과 유설, 흑표, 그리고 사상이괴와 가신풍까지 현란한 몸놀림으로 포위망을 이리저리 뚫으며 내달렸다.

진양 일행이 움직일 때마다 포위망은 마치 살아 있는 생물처럼 유기적으로 움직이며 이동했다.

이들은 잦은 전쟁으로 단련된 병사들이었다.

머릿수도 어마어마하게 많거니와, 노련한 전술을 펼쳐 포위망이 쉽게 뚫리진 않았다.

진양이 일행을 돌아보며 소리쳤다.

"아무래도 말을 타지 않는 이상 힘들겠소!"

"말이 있어야 탈 것 아니겠나?"

서요평의 외침에 마치 대답이라도 하듯 말 울음소리가 길게 울렸다.

이히히힝!

일행이 돌아보니 바로 위교사왕과 곽연이 도착한 것이었다.

서운지가 껄껄 웃었다.

"말이 생겼구려!"

찰나, 그가 몸을 번쩍 솟구치더니 곧장 마소장왕 범릉에게 쇄도했다. 눈 깜짝할 사이에 그의 검이 범릉의 목을 노리고 날아들었다.

하지만 범릉은 급박한 상황 속에도 미소를 잃지 않은 채 몸을 홀떡 뒤집더니 검을 피해냈다.

서운지는 범릉의 어깨를 왼손으로 짚으며 재빨리 몸을 휘 돌렸다.

그 순간 범릉이 오른손을 불쑥 뻗어냈다.

"위험합니다!"

가신풍이 소리치는 것과 동시에 몸을 날리더니, 그야말로 빛살과 같은 속도로 서운지의 몸을 낚아챘다. 그 바람에 범릉의 오른손은 허방을 때리며 파공음을 일으켰다.

파앙!

허공에서 터진 소리만으로 짐작컨대, 만약 서운지가 제때 몸을 피할 수 없었더라면 내장이 남아나지 않았으리라.

서운지가 가신풍을 돌아보며 눈인사로 감사의 표현을 대 신했다.

서요평이 카랑카랑한 목소리로 외쳤다.

"흥! 이제 본색을 드러내시는군! 그래, 왕야께서 전하라던 선물이 그 무뎌빠진 장법이라더냐?"

"후후후. 여러분은 당대 최고의 무인들이 아니오? 그에 걸 맞은 예우를 해야 하지 않겠소?"

마천강이 비릿한 웃음을 흘리며 대답했다.

서요평이 바닥에 침을 탁 뱉었다.

"카악, 퉤! 니미럴, 얼어 죽을 예우. 개나 갖다 줘버려라!"

말을 마친 그가 재빨리 마천강을 향해 달려갔다. 그가 검을 어지럽게 휘두르며 나아가니, 마치 번개가 수평으로 뻗어나가는 듯했다.

마천강이 얼른 말에서 뛰어내려 그의 검을 되받았다.

쩡! 까강! 깡!

두 사람 사이에서 검날이 어지럽게 뒤엉키며 쇳소리를 울렸다.

원래 서요평은 마천강의 상대가 될 수 없었다.

하지만 그는 진양의 조언으로 조화신공을 익힌 후부터 무공이 한층 깊어졌다. 뿐만 아니라 신필문의 장로 격으로 수년을 보내면서 날이 갈수록 무공이 깊어진 것이다.

그러다 보니 마천강도 서요평을 상대하는 것이 쉽지만은 않았다.

이에 갈지첨이 기합성을 터뜨리며 마천강을 거들며 나섰다. 그와 동시에 유설이 서요평의 곁으로 다가가 도왔다.

그녀 역시 북명패검을 익힌 뒤로 무공이 한층 성숙해졌기에 갈지첨을 상대하기에 부족함이 없었다.

만약 서운지가 서요평과 함께 싸운다면 그야말로 무적의 신공을 자랑할 수 있었겠지만, 지금 그는 범릉을 상대하느라 서요평과 합세할 수가 없었던 것이다.

사정이 이렇게 되다 보니 흑표는 자연스레 여만옥을 상대하게 됐고, 진양은 곽연을 상대할 수밖에 없었다.

사실 위교사왕과 곽연을 놓고 보자면, 가장 무공의 변화가 큰 사람이 바로 곽연이었다.

그는 지난 십 년 가까이 천상무운신공을 익히면서 하루가 다르게 무공이 강맹해진 것이다. 그러다 보니 일행의 싸움 중 가장 격렬한 쪽은 바로 진양과 곽연이었다.

무인들의 싸움이 워낙 격렬하게 진행되다 보니 일반 병사들은 감히 끼어들 엄두도 내지 못했다.

반 시진가량 포위 상태에서 싸움이 진행됐다.

진양은 이대로 싸움이 계속되면 결국 사로잡히고 말 것이란 생각에 먼저 말의 엉덩이를 수호필로 찰싹찰싹 후려쳤다.

그러자 놀란 말들이 앞발을 높이 치켜들더니 냅다 달리기 시작했다.

그 순간 가신풍이 달아나는 말 등으로 잽싸게 몸을 날려 올라탔다. 그의 경신법은 천하에 따를 자가 없을 정도였기에 병사들마저 감탄한 눈으로 바라보기만 할 뿐이었다.

말에 올라탄 가신풍은 얼른 활을 꺼내 시위를 당겼다. 날아간 화살은 두 대였는데, 하나는 서운지가 싸우는 곳으로, 다른 하나는 서요평이 싸우는 곳으로 날아갔다.

졸지에 강궁이 날아들자 범릉과 갈지첨, 그리고 마천강은 깜짝 놀라 뒤로 성큼 물러났다. 그 틈을 놓치지 않고 서운지와 서요평, 그리고 유설이 몸을 빼내고 달아나기 시작했다.

가신풍은 말을 타고 달리는 와중에 또다시 시위를 당겼다.

패앵!

시위를 떠난 화살 두 대가 이번에는 여만옥과 곽연에게 날아갔다.

여만옥이 얼른 고개를 숙여 피하는데, 흑표가 그 틈을 놓치지 않고 왼손에 든 검을 올려 그었다. 그 순간 날카로운 검날이 여만옥의 목을 베어냈다.

피츄웃! 츄아앗!

여만옥의 목에 혈선이 가로 그어지는가 싶더니, 이내 피분수를 내뿜었다.

"옥왕!"

깜짝 놀란 위교사왕은 진양 일행을 쫓을 생각도 하지 못한 채 여만옥을 향해 달려왔다.

그사이 흑표는 말에 올라타 달아났다.

이제 남은 사람은 곽연 한 명이었다.

곽연은 날아드는 화살을 보고도 물러나지도, 피하지도 않았다. 그저 검을 한 번 휘둘러 화살을 단번에 두 동강 냈다. 가신풍의 강궁을 일검에 두 동강 낼 수 있는 사람은 몇 되지 않을 것이다.

그런 것을 감안한다면 곽연의 무공이 얼마나 강맹한지 짐작할 수 있으리라.

"내 오늘을 기다렸다."

곽연이 비소를 지으며 말했다.

진양도 씁쓸하게 웃었다.

"참으로 질긴 악연이오."

"그 악연도 이제 여기서 끝내주마!"

말을 마친 곽연이 기합성과 함께 달려들었다. 곽연의 움직임은 고요한 듯하면서도 몹시 빨랐고, 부드러운 듯하면서도 강맹하기 짝이 없었다.

그의 검이 어지럽게 휘날려 오자, 진양은 정신없이 수호필을 휘둘러 막아낼 수밖에 없었다. 워낙 빠르고 강맹한 공격이 이어졌기에 진양은 다양한 시도를 할 수가 없었다. 그러다 보니 일방적으로 한쪽으로만 내몰리게 됐고, 주위를 에워싸고 있던 병사들은 진양을 공격하기에 좋은 순간이었다.

그들이 감히 가까이 다가가지는 못하고 창검을 내던져 진양을 공격했다.

진양은 그들의 공격을 모두 피할 수가 없어 온몸에 자잘한 상처가 생기기 시작했다. 그래도 곽연의 검공만큼은 끝까지 막아냈기에 치명상을 입지는 않았다.

그 순간 허공을 가르며 화살 한 대가 다시 날아들었다.

쉐에엑!

이번에는 먼저 쏘아진 것보다 훨씬 강맹한 힘이 실린 것이었다.

조금 전에는 가신풍이 두 대의 화살을 각기 다른 방향으로 날려 보냈지만, 이번만큼은 온전히 곽연만을 노리고 쏜 것이었다.

곽연이 어쩔 수 없이 뒤로 물러나며 검날을 세워 막았다.

따앙!

"크읏!"

화살이 어찌나 세게 날아들었는지 검날이 '지잉!' 소리를 내며 울렸고, 손잡이를 잡은 팔이 저릿하게 떨렸다.

찰나, 진양은 수호필을 들고 사방을 향해 휘둘렀다.

까강! 땅!

"크악!"

"악!"

수호필은 한 줄기 푸른빛을 이어가며 허공에 커다란 글자를 새겼다. 획이 그어질 때마다 주위를 에워싸고 공격하던 병사들이 속절없이 튕겨 나가거나 그 자리에 쓰러졌다.

마지막 점획을 찍을 때는 필봉이 정확히 곽연의 가슴을 노리고 날아들었다.

이번에도 곽연이 검날을 들어 막았다.

한데 빳빳하게 곤두선 붓털이 검날을 내찌르는 순간, '쩡!'

하는 소리가 울리더니 검날이 산산조각이 나며 부서지는 것이 아닌가.

공력이 잔뜩 실린 수호필을 검날이 미처 버텨내지 못한 것이다.

곽연의 검이 깨져 버리자, 주변의 병사들은 저마다 주춤거리며 쉽게 다가가지 못했다.

진양이 허공에 쓴 글자는 바로 '충(忠)'이었다. 광초체로 흘러간 글자의 마지막 점획에서 곽연의 검날이 깨진 것이다.

때마침 언제 다가왔는지, 가신풍이 병사들 틈으로 말을 몰고 와 소리쳤다.

"문주님! 오르십시오!"

진양은 앞뒤 상황 따질 것도 없이 냉큼 몸을 날렸다. 그가 병사들의 어깨를 밟으며 순식간에 말 위로 도약하자, 가신풍은 곧장 말의 배를 걸어찼다.

"이럇!"

말이 긴 울음을 토하며 병사들을 헤치며 내달리기 시작했다.

한편 비도옥왕 여만옥의 죽음으로 슬픔에 빠져 있던 마천강이 벌떡 일어나며 소리쳤다.

"저들을 놓쳐서는 안 된다! 잡아라!"

병사들이 일제히 함성을 내지르며 진양 일행을 쫓았다.

진영을 벗어난 진양 일행은 말을 몰아 남쪽 언덕을 올랐다.
그들 바로 뒤에는 셀 수도 없이 많은 병사들이 바짝 추격해
오고 있었다.

진양이 말을 멈추고 일행을 돌아보며 말했다.

"아무래도 흩어지는 것이 좋겠소. 사상이괴 어르신들은 함
께 움직이시면 될 것이고, 묵향당주(墨香堂主)와 광초당주(狂
草堂主)는 유 누이를 잘 부탁드리오."

묵향당주는 바로 흑표를 말하는 것이었고, 광초당주는 가
신풍을 가리킨 것이었다. 이들은 신필문이 세워진 후 각각의
당을 맡아 관리해 왔던 것이다.

유설이 진양을 향해 걱정 서린 목소리로 물었다.

"그럼 당신은요?"

"저들 중 상당수는 나를 쫓아올 거요. 나와 함께 가면 위험
이 커지니 누이는 두 분을 따라가시오."

"하지만……!"

"걱정 마시오, 누이. 반드시 다시 봅시다."

유설은 뭐라고 말을 하려다가 입을 다물고 말았다.

어차피 자신이 진양을 따라가게 된다면 오히려 방해만 될
수도 있었다. 진양이라면 스스로의 몸을 돌보지 않고 오로지
자신만을 위해서 희생할 수 있기 때문이다.

그렇다면 차라리 길을 나누어 가는 것이 나으리라.

가신풍이 유설을 재촉했다.

"시간이 없습니다. 어서 가시지요!"

흑표가 물었다.

"후에 만날 장소를 정해야하지 않겠습니까?"

진양은 잠시 생각하다가 곧 입을 열었다.

"오늘 밤 자정까지 저들을 따돌릴 수 있다면 남경의 남서쪽 숲에 있는 사당에서 만납시다. 만약 실패하면 내일 정오에 만나도록 하고, 그때도 쫓기는 중이라면 그날 자정에 봅시다."

"내일 자정까지도 따돌리지 못하면?"

서요평의 말에 진양이 대꾸했다.

"그렇게 되면 분명 소식이 들리겠지요. 그럼 먼저 와서 기다린 사람이 도와주도록 하지요."

대충 이야기가 끝난 일행은 즉시 길을 나누어 흩어지기 시작했다.

그들을 쫓던 병사들 역시 자연히 세 갈래로 나뉘어져 뒤를 쫓았다.

역시나 예상했던 대로 진양을 뒤쫓는 무리들이 가장 많았다.

진양은 말을 몰아 달리다가 산언저리에 다다라서는 말에서 뛰어내려 경공을 펼치기 시작했다. 급경사를 빠르게 오르니 뒤쫓아 오던 병사들 대부분은 산 아래에서 허우적거렸고, 마천강만이 유일하게 그의 뒤를 바짝 추격했다.

한참 동안 산을 오른 진양은 시야에서 더 이상 병사들이 보이지 않자, 걸음을 멈추고 몸을 돌렸다.

잠시 뒤 마천강이 진양이 서 있는 언덕까지 올라왔다.

"후후. 드디어 단둘만의 시간이 생겼군."

진양은 심호흡을 하고는 수호필을 고쳐 잡았다.

"제가 마 형께 저지른 잘못이 없는데 어째서 이토록 절 가만히 내버려 두지 않으십니까?"

"그대가 하는 행동이 모두 잘못이다."

마천강이 검을 한 번 획 저으며 대답했다.

진양은 한숨을 내쉬었다.

"이해할 수가 없군요."

"흥! 이해? 어차피 인간은 서로 이해할 수 없는 종족이지 않나? 그런 게 가능했다면 그대와 내가 적으로 만나지도 않았을 테지! 그리고 비도옥왕이 그런 처참한 죽음을 맞지도 않았겠지!"

마천강은 말을 마치자마자 바닥을 박차고 진양에게 달려왔다. 그 속도가 어찌나 빠른지 주변의 나뭇가지가 흔들리고

잎이 떨어져 바람에 휘날렸다.

깡!

청명한 쇳소리가 울리면서 진양이 튕겨 나갔다.

진양은 몸 전체가 떨려오는 것을 느끼며 재빨리 내공을 끌어올렸다.

마천강은 진양이 숨 돌릴 틈도 주지 않고 몰아붙이기 시작했다. 그가 검을 휘두를 때마다 자색 기운이 혜성의 꼬리처럼 검날을 뒤따랐다.

꽝! 쩡! 쩌엉!

귀가 아플 만큼 큰 소음이 온 산을 가득 울렸다.

비도옥왕의 죽음에 대한 분노 때문인지 마천강의 검공은 매섭고 강맹하기 짝이 없었다. 그러면서도 그의 표정은 내내 무뚝뚝했고, 감정의 변화가 거의 느껴지지 않았다.

진양은 연이어 쏟아지는 검을 막아내다가 순간 뒤로 훌쩍 물러났다.

'이대로 공력을 끌어올려 막는다면 끝이 나지 않겠다. 그러는 사이 병사들이 올라오면 포위당하고 만다. 방법을 바꿔야겠다.'

생각을 마친 진양은 몸 전신에서 공력을 쭉 빼버렸다. 그러자 그가 들고 있던 수호필의 붓털이 이내 축 처지며 바람에 휘날렸다.

"후후. 포기한 것인가?"

마천강이 몸을 번뜩 솟구쳐 진양에게 곧장 날아왔다. 이어서 그가 진양의 어깨를 향해 검을 세차게 내려쳤다. 그 순간 진양이 몸을 비스듬히 기울이더니 검날을 가볍게 피해냈다. 동시에 수호필을 부드럽게 휘돌려 마천강의 검을 밀어냈다.

간발의 차이로 검날이 비껴 나가자, 마천강은 다시 이를 악물고 검을 휘둘렀다.

하지만 이번에도 역시 진양이 몸을 슬쩍 눕히며 수호필을 둥글게 휘돌려 마천강의 검을 밀어냈다.

그렇게 몇 합을 넘기니 전신에 공력을 잔뜩 실은 마천강은 빠르게 지쳐갔고, 진양은 오히려 시간이 지날수록 여유가 생겼다.

바로 부드러움으로 강함을 이기는, 이유극강의 원리를 이용한 것이다.

마천강은 진양이 무공을 바꿨다는 것을 눈치채고 상대가 밀어내는 힘을 역이용하기로 마음먹었다. 해서 그가 검을 가로로 뿌리면서도 반동되는 힘을 의식해 이어질 초식을 염두에 두었다.

한데 검날과 필봉이 부딪치려는 찰나, 이번에는 붓털이 바람결 따라 누워버리면서 검날을 그냥 스쳐 보내는 것이 아닌가?

그 바람에 반동되어 튕길 것을 예상했던 마천강은 몸을 휘청거리며 중심을 잃고 말았다.

진양은 그 찰나를 놓치지 않고 얼른 몸을 날려 연속으로 세 번의 발길질을 가했다.

파파팡!

순식간에 가슴을 가격당한 마천강은 울컥 피를 토하며 주춤 물러나다가 쓰러지고 말았다.

진양이 얼른 다가가 수호필로 그의 마혈을 찔렀다. 이어서 단전을 파괴해서 무공을 사용할 수 없도록 하려는 순간, 화살 한 대가 빠르게 날아들었다.

진양이 훌쩍 물러나며 수호필을 휘두르자, 화살이 두 동강 나며 튕겨 나갔다. 이어서 화살비가 폭우처럼 쏟아지기 시작했다.

마천강과 싸우는 틈에 병사들이 도착한 것이다.

제아무리 무공 고수라고 한들 어찌 수천 대의 화살을 피할 수 있겠는가?

결국 진양은 몸을 돌려 달아나기 시작했다.

그가 질풍같이 내달리자, 병사들은 다시 눈에 보이지 않을 정도로 멀어져 갔다.

그날 밤 진양은 남경의 남서쪽 사당에 무사히 도착할 수 있었다.

자정을 약간 넘긴 시각.

하지만 사당에는 아직 한 명도 모습을 보이지 않았다. 진양은 사당 안으로 들어가 정좌를 한 채 운기했다.

얼마나 시간이 흘렀을까.

바깥에서 들려오는 기척을 느낀 진양은 얼른 사당 한쪽 구석으로 몸을 숨겼다.

이윽고 어둠 속에서 두 사람이 모습을 드러냈다.

그들은 사당 문을 열고 들어왔는데, 먼저 들어선 사내가 투덜거리며 말했다.

"것봐. 아무도 없을 거라고 했지?"

"허허, 형님도. 그럼 기다리면 될 일이 아니겠소?"

"난 기다리는 게 제일 싫단 말이야!"

진양은 그들이 바로 사상이괴라는 것을 알고는 안심하며 어둠 속에서 나왔다.

"두 선배님 무사하셨군요."

서요평은 갑자기 어둠 속에서 진양이 불쑥 나타나자 반사적으로 검을 꺼내 들고 공격했다.

"웬 놈이냐?"

순간 진양이 수호필을 휘저어 그의 공격을 부드럽게 되돌리면서 얼른 달빛이 스며드는 문틈으로 다가섰다.

"접니다. 진양입니다."

그제야 서요평은 검을 거두며 투덜거렸다.

"뭐야? 그럼 우리가 제일 처음이 아니었구먼! 쳇!"

"허허, 형님은 아까 제일 처음이라서 싫다고 하지 않으셨소?"

서운지가 웃으며 말하자, 서요평이 발끈하며 대답했다.

"내가 언제 처음이라서 싫다고 했느냐? 기다리는 것이 싫다고 했지!"

"그게 그 말 아니우?"

"절대로 다른 말이다! 처음과 기다림이 어찌 같은 말이라는 거냐?"

"알겠소, 알겠수다."

서운지는 그저 사람 좋은 미소를 지으며 대충 대답했다.

진양은 부드럽게 웃으며 물었다.

"혹시 다른 사람들은 어찌 됐는지 아십니까?"

"그걸 우리가 어찌 알겠는가? 우리도 지금 막 놈들을 따돌리고 여기로 온 것인데."

진양이 고개를 끄덕였다.

"흐음. 그렇군요."

서운지가 나서서 부드럽게 말했다.

"양 장문, 걱정 마시오. 양 부인과 두 당주의 무공이 상당한 수준이니 무사할 것이외다."

"흥! 말이야 바른 말로 그들의 실력이 상당한 수준은 아니지. 상대는 수천 명의 군사다. 무사히 빠져나오기가 그리 쉽겠느냐?"

서요평이 냉랭하게 말하자, 서운지가 대꾸했다.

"우리는 빠져나오지 않았수?"

"내가 없었다면 우리도 힘들었다!"

"그럴지는 모르지만, 그들은 형님이 없어도 빠져나올 수 있을 거외다."

"결코 쉽지 않을 것이야."

"알았소, 알았소. 양 장문, 형님 말은 너무 신경 쓰지 마시오. 분명히 무사히 올 거외다."

"예, 저도 그리 믿고 있습니다. 내일 정오까지 좀 더 기다려 보지요. 두 분 그럼 좀 쉬십시오. 제가 지붕에 올라가 번을 서겠습니다."

서운지가 고개를 끄덕이고 답했다.

"내일 정오까지 한 시진 간격으로 돌아가며 번을 서도록 합시다."

그렇게 해서 진양은 먼저 한 시진 동안 사당 지붕에 올라가서 번을 섰다. 그는 내내 유설 일행을 기다렸지만, 끝내 모습을 드러내지는 않았다.

이어서 다른 사람들이 번을 서는 동안에도 진양은 유설이 걱정돼 깊은 잠을 이룰 수가 없었다.

다음날 정오가 되어도 유설 일행은 나타나지 않았다. 결국 세 사람은 다시 그날 자정까지 기다리기로 했다.

초조한 시간이 지나고 자정이 되었지만 여전히 유설 일행은 코빼기도 보이지 않았다.

틈틈이 운기행공을 하며 마음을 차분히 하던 진양도 이제는 가만히 앉아 있을 수만은 없었다. 서요평은 아예 유설이 죽었을 것이라고 단정 짓고 있었다.

반 시진이 더 지났을 때, 진양이 자리에서 일어났다.

"아무래도 안 되겠습니다. 제가 한 번 가봐야겠습니다."

"어딘 줄 알고 간단 말인가?"

"병사들 수천이 움직이고 있을 겁니다. 금방 소식을 알아낼 수 있겠지요."

"이미 죽었으면 병사들도 움직이지 않을 것일세."

진양으로서는 상상도 하기 싫은 끔찍한 소리를 서요평은 태연하게 해댔다.

서운지가 나서서 서요평을 나무랐다.

"허참, 형님도. 어찌 그리 부정적인 생각만 하시오? 아직 살아 있을 가능성이 훨씬 크오."

"너는 도대체 무슨 근거로 그런 말을 하는 게냐?"

"그들의 무공이 높지 않수?"

"무공이 높다고 병사 수천을 이길 수 있단 말이냐?"

"싸워서 이기려고 한다면야 힘들겠지만, 그들에게서 도망치는 것은 또 다른 문제이지 않소?"

"그게 그거다!"

진양은 두 사람이 옥신각신하는 것을 더 지켜보지 않고 사당을 나섰다.

"어찌 됐든 지금은 확인을 해야겠습니다. 한 분은 저와 함께 가주시지 않겠습니까?"

진양은 질문을 하면서도 서운지가 당연히 도와줄 것이라 생각했다.

한데 뜻밖에도 따라나서겠다고 한 사람은 서요평이었다. 서운지는 분명 유설이 무사히 돌아올 테니 굳이 나설 필요가 없다고 여기는 것이었다.

결국 서운지는 혹시 길이 엇갈릴 것을 대비해서 사당에 남기로 하고, 진양과 서요평은 유설 일행을 찾아 길을 나섰다.

한데 두 사람이 사당을 나서서 일 리도 채 걷지 않았을 때였다.

진양은 남쪽 언덕 아래에서 누군가가 빠르게 달려오는 것을 보았다. 한데 그 속도가 애매해서 무인인지, 일반인인지 구분이 되지 않았다.

점점 가까이 다가오는 그림자를 확인한 진양은 순간 얼굴이 밝아졌다.

"누이!"

달빛에 비친 얼굴은 바로 유설이었던 것이다.

한데 어째서 세 사람이 아니라 유설 혼자만 온단 말인가?

진양이 다시 자세히 보니 유설은 등에 누군가를 업고 있었는데, 온몸이 피범벅이었다.

"저런!"

진양과 서요평이 얼른 달려갔다.

이때쯤 서운지도 바깥 사정을 눈치채고 일행이 있는 곳으로 쏜살같이 달려왔다.

진양이 다가가 보니 흑표가 만신창이가 된 채 유설의 등에 업혀 있었다.

유설은 진양을 보자마자 다리에 힘이 풀린 것인지 그 자리에 풀썩 고꾸라졌다. 진양이 얼른 달려가 그녀를 부축하고, 서요평이 흑표를 안아 들었다.

"이게 도대체 어찌 된 일이오? 가 당주는 어찌 됐소?"

유설이 어깨를 가늘게 떨며 말했다.

"모두 절 보호하려다가 이렇게 됐어요. 우리는 도망가던 중 적의 매복에 당했어요. 그때 묵향당주께서 저를 구하려고 무리를 하셔서……"

"그럼 가 당주는······?"

"그분은 스스로 미끼가 되겠다고······. 가 당주께서 병사들의 이목을 이끄는 동안 우리는 무사히 빠져나올 수 있었어요. 하지만 보시다시피 상처가 깊어서 어떨지······."

유설이 안타까운 눈길로 흑표를 바라보았다.

흑표는 온몸이 칼에 난자당해 숨을 쉬고 있는 것만으로도 기적으로 보일 지경이었다. 거기에 화살 두 대가 팔과 다리를 각각 관통한 채로 꽂혀 있었다.

유설은 그를 업고 급히 빠져나오느라 화살을 뽑아낼 겨를도 없었던 것이다.

서요평과 서운지가 얼른 혈을 짚어 지혈을 하고 몸에 박힌 화살을 모두 뽑아냈다.

유설이 진양을 보며 걱정스러운 목소리로 말했다.

"어쩌죠? 가 당주께서 위험에 처하면······."

"너무 염려 마시오. 가 당주라면 다른 건 몰라도 경신법에 있어서만큼은 그를 따를 자가 없으니. 아마 무사히 달아났을 것이오."

진양은 유설을 안아주며 다독였지만, 그의 표정에서도 걱정은 지워지지 않았다.

서요평이 말했다.

"하지만 여기서 마냥 기다릴 수는 없어. 그놈도 시간이 지나 버린 만큼 더 이상 우리가 여기서 기다리지 않을 것이라고 생각했을 걸세. 게다가 흑표가 이 모양이 됐으니 얼른 대별산으로 옮겨서 치료를 받게 해야 해."

진양은 잠시 이마를 짚고 고민에 잠겼다.

흑표를 구하기 위해서는 대별산으로 돌아가야만 한다. 하나 대별산에 다녀오는 사이 황궁에 큰일이 생기게 되면 황제를 다시는 구할 수가 없다.

연왕은 언제라도 황궁을 칠 준비가 되어 있었다.

그렇다고 다른 사람들을 흑표와 함께 보내고 자신만 남아 있기도 난감하다.

혼자의 힘으로는 복잡한 전쟁 통에 황제를 무사히 구해낼 수 있을지 알 수가 없다. 까딱 잘못하다간 자신도 그 전란에 휘말려 죽을지도 모를 일이다.

그때 서운지가 말했다.

"굳이 대별산까지 갈 필요가 있겠소?"

진양이 그에게 물었다.

"그럼 다른 방법이 있습니까?"

"천하 어디에도 존재하는 방파가 있지 않소?"

"개방을 말씀하시는지요?"

"그렇소. 그들에게 부탁한다면 도와주지 않겠소?"

진양은 천천히 고개를 끄덕였다.

개방은 지난번 회의 때도 신필문에 호의적인 방파였다. 물론 아직 무림맹이 발동하지는 않았다.

하지만 문주와 방주의 입장에서 정중히 부탁한다면 도움을 받을 수 있을 터였다.

"그럼 개방으로 가지요."

말을 마친 진양은 흑표를 받아 안아 들고는 앞장서서 걷기 시작했다.

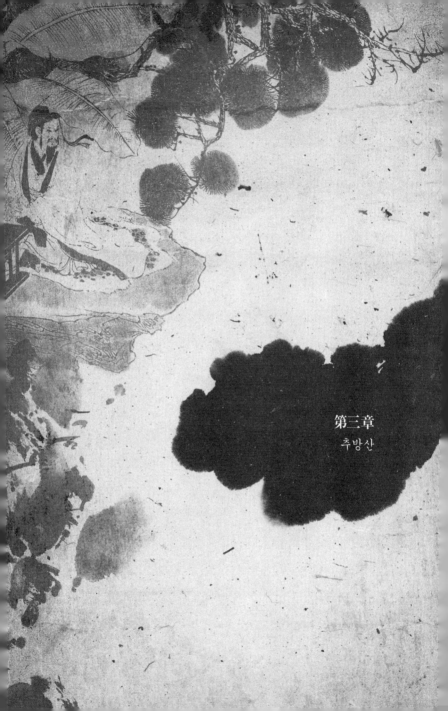

第三章

추방산

神華天下
신필천하

진양 일행은 남경 외각의 허름한 객점에 방을 잡았다.

우선 제일 먼저 해야 할 일은 남경 내의 개방 분타를 찾아 내는 것이었다.

시기가 민감한 만큼 개방은 현재 분타의 위치를 전혀 노출 시키지 않은 채 비밀을 유지하고 있었다.

"내가 나가서 개방의 분타를 방문하겠소."

"찾으실 수 있겠어요?"

유설이 근심 서린 얼굴로 물었다.

진양이 부드럽게 웃으며 대꾸했다.

"걱정 마시오, 누이. 최대한 서둘러 찾아서 돌아오겠소."

"현재 개방은 전임·방주가 죽고 나서 현임 방주를 따르지 않는 자들이 제법 많다고 들었어요. 만약 그들과 만나게 되면 위험할지도 모르니 각별히 주의하셔야 해요."

진양이 고개를 끄덕였다.

그 역시 잘 알고 있는 사실이었다.

현재 개방의 방주는 취룡개 추방산이었는데, 사실 그는 몇 년 전까지만 해도 거지들 사이에서 별로 두각을 드러내지 않던 노인이었다.

그러다가 수년 전 남옥의 역당 사건으로 세상이 어지러울 때, 그는 동분서주하며 누구보다도 뛰어난 활약을 펼쳐 가장 많은 정보를 모았다. 뿐만 아니라 그동안 드러나지 않았던 그의 무공 실력이 매우 심후하다는 소문이 퍼지면서 거지들 사이에서는 칭송하지 않는 사람이 없었다. 그 바람에 추방산은 차기 방주로서의 지지도까지 얻어낸 것이다.

그리고 이 년여 전, 전임 방주가 사고를 당해 죽은 후 추방산은 신임 방주로 추대됐다. 그리고 오래전부터 자신을 따르던 무리들을 곁에 두고 중용했다.

하나 개방 내에서는 오래전부터 철탁개(鐵鐸丐)라는 별호로 불리는 맹지덕(孟池德)이라는 자가 차기 방주감으로 여겨지고 있었다. 그러다 보니 자연히 개방은 신임 방주를 지지하는 세력과 맹지덕 장로를 지지하는 세력으로 나뉘어 시종 대립을 이룰 수밖에 없었다.

거기에 얼마 전 회의에서 추방산은 아무렇지도 않게 진양을 무림맹주로 추대했으니, 맹지덕을 따르는 거지들은 저마다 추방산을 욕하고 따르지 않으려 했다.

그러니 지금 진양이 길거리에 나가서 자칫 맹지덕을 따르는 거지들을 만났다가는 오히려 일이 어려워질 수도 있었다.

진양이 다시 한 번 유설을 안심시켰다.

"너무 걱정 마시오. 개방의 제자들이 보이거든 그들이 어느 쪽에 속한 자들인지 확실히 알아본 후 접근하겠소."

"꼭 조심하세요."

진양은 고개를 끄덕인 후 객점을 나왔다.

내전 중이라서 그런지 남경 시내에 거지들은 넘쳐 났다. 진양은 그들 중 개방의 제자들을 알아내기 위해 옷에 매듭이 있는지 꼼꼼하게 살폈다.

그러다가 저잣거리 한쪽 귀퉁이에서 구걸을 하는 거지를 발견하고는 몸을 숨겨 그를 주시했다. 매듭이 네 번 묶인 것을 보아서는 개방의 사결제자임이 분명했다.

길가에서 반 시진 정도 구걸하던 거지는 별 소득이 없자 자리를 옮기려는 것인지 벌떡 일어났다. 그는 주위를 한 번 휘둘러보고는 터벅터벅 걸음을 옮기기 시작했다. 진양은 삿갓을 푹 눌러쓰고 그 뒤를 밟았다.

그가 비교적 한적한 거리를 지날 즈음에 돌연 돌담으로 다가가더니 벽에다가 낙서를 하기 시작했다. 마치 세 살배기 아기가 아무렇게나 그려놓은 듯한 그림이었다.

진양은 이것이 개방의 제자들 사이에서 소통하는 암호라는 것을 잘 알고 있었다.

그는 거지가 다시 걸음을 옮기고 나서 그곳에 다가가 그림을 찬찬히 살펴보았지만 도통 무슨 뜻인지 알 수가 없었다.

거지는 다시 사람들이 많은 저잣거리로 나갔다가 다시 한적한 골목길로 들어섰다. 그런 뒤 그는 다시 벽에 낙서를 남겼다.

'도대체 무슨 낙서지?'

온갖 한자를 다 읽어내는 진양이었지만, 개방의 제자들이 남기는 그림만큼은 도무지 그 뜻을 알 수가 없었다.

그렇게 그림을 남긴 거지가 모퉁이를 돌아 사라지자, 진양은 얼른 그의 뒤를 쫓아 모퉁이를 돌아나갔다.

한데 거지의 모습이 골목 어디에도 보이지 않는 것이 아닌가.

진양이 얼른 골목 끝까지 달려가 보니, 길 끝자락에서 빠르게 모퉁이를 돌아 달려가는 거지의 뒷모습이 보였다.

'들킨 건가?'

진양이 얼른 그를 쫓아 달렸다. 그리고 막 모퉁이를 돌아서는 찰나,

쉬잇! 쉬이잇!

어느새 나타난 두 그림자가 진양의 등 뒤를 노리고 쇄도해 들어왔다.

진양이 인기척을 느끼고 얼른 몸을 뒤틀며 수호필을 휘둘렀다.

까라랑! 깡!

두 명의 적은 손에 단도를 쥐고 있었는데, 진양의 무공이 고강하다는 것을 알아채고는 내심 놀라는 눈치였다.

그때 다시 등 뒤에서 검날이 빛을 번뜩이며 날아들었다.

진양은 얼른 허리를 숙여 피한 다음 전방에서 달려드는 두 명의 적을 향해 삿갓을 벗어 집어 던졌다.

공력을 머금고 날아간 삿갓은 커다란 암기나 다름없었다.

그들이 얼른 단도를 휘저으며 삿갓을 베어내고는 진양을 노려보았다.

"누구냐? 누군데 미행을 하는 것이냐?"

사정이 이렇게 되자, 진양은 어쩔 수 없이 신분을 드러낼 수밖에 없었다.

그가 두 손을 모아 잡으며 정중히 인사를 건넸다.

"신필문에서 온 양진양이오. 개방의 형제들을 뵙게 되어 영광이오."

"헛소리 마라! 신필문주가 왜 여기에……!"

거지 한 명이 톡 쏘아붙이는데, 다른 한 명이 그를 제지하며 나섰다. 그는 바로 진양이 뒤쫓던 사결제자였다. 그가 진양을 위아래로 훑어보더니 이내 수호필을 보았다.

싸우는 동안에는 경황이 없어 자세히 보지 않았는데, 지금 보니 진양이 들고 있는 것은 커다란 붓이 아닌가?

그전까지는 거지들 모두 진양이 들고 있는 것이 불진 따위인 줄 알았던 것이다.

하지만 사결제자 역시 완전히 마음이 놓이지 않는지 눈썹을 찌푸리며 물었다.

"정말 양 장문이란 말이오?"

"그렇습니다."

"양 장문을 사칭한다면 우리가 용서치 않을 것이오."

"누군가 저를 사칭한다면 저 역시 용서하지 못할 것입니다."

진양이 웃으며 말하자, 사결제자가 턱을 들어 수호필을 가리켰다.

"소문에 의하면 양 장문의 필체가 몹시 수려하다고 들었소. 누구라도 그분의 필체를 보면 바로 감명을 받는다고 하지. 그걸로 글자를 적어보시겠소?"

진양은 이들의 태도로 미루어 보아, 분명 추방산을 따르는 자들이라는 것을 알 수 있었다. 그렇지 않았다면 자신을 이처럼 온유하게 대하지 않을 터였다.

진양이 내심 안도하며 말했다.

"그럼 미천한 솜씨지만 써 보이지요."

말을 마친 진양은 곧장 일필휘지로 글자를 적었다.

그가 수호필에 공력을 싣고 바닥에 적은 글씨는 단 한 글자였다.

友.

이 벗(友)이라는 글자를 보자, 개방의 제자들은 하나같이 입을 척 벌린 채 다물 줄을 몰랐다. 단지 글 한 자를 적었을 뿐인데, 진양을 향한 경계심과 주의가 한순간에 허물어지는 기분이었다.

뿐만 아니라 당장에라도 진양과 술을 한 잔 나누며 깊은 대화를 나누고 싶은 충동마저 느꼈다.

그야말로 오랜 벗을 만난 느낌이랄까?

'이분은 정말 신필대협이시다. 그러지 않고서야 어찌 글자에 이처럼 뜻을 담아낼 수 있단 말인가? 뜻과 정이 담기니 글

자가 살아 있는 것 같구나!'

사결제자는 마음 깊이 탄복하며 두 손을 모아 잡았다.

"신필대협 양 장문을 알아뵙지 못해 소인들이 큰 결례를 저질렀습니다. 용서하십시오."

"아닙니다. 서로 오해가 있었습니다. 저 또한 잘한 것 하나 없습니다."

"과연 양 장문의 인격은 하늘보다 높다더니… 소문이 사실이군요."

"지나친 칭찬이라 듣기 거북스럽습니다. 하하."

"한데 무슨 용무로……."

"실은……."

진양은 자신이 왜 개방을 찾아온 것인지 자초지종을 설명하기 시작했다.

모든 이야기를 들은 개방의 제자들은 곧장 진양과 함께 흑표가 있는 객점으로 갔다. 그리고 일행과 함께 개방의 분타로 향했다.

개방의 분타는 뜻밖에도 넓고 깨끗한 저택에 위치해 있었다. 마침 취룡개 추방산도 남경 분타에 와 있었는데, 그는 진양이 왔다는 소식을 듣고 대문 밖까지 친히 나와 일행을 맞이했다.

그는 얼른 거지들을 시켜 흑표를 안전한 곳으로 옮기고 간병하게 했다.

그리고 다른 일행을 방으로 안내해 준 다음 대청에서 진양과 차를 마셨다.

이제야 한시름 놓을 수 있게 된 진양은 추방산에게 깊이 읍을 하며 감사를 표했다.

"큰 신세를 졌습니다. 추 방주님의 은혜는 결코 잊지 않겠습니다."

"허허허, 양 장문은 신경 쓰지 마시오. 마땅한 도리를 다했을 뿐이오."

추방산은 지난번 대별산에서 봤을 때와는 조금 다른 분위기를 풍기고 있었다. 대별산에서는 주야장천 술만 마시는 주당으로 보였는데, 오늘 본 그의 모습은 단정하면서도 진중한 태도였다.

다만 얼굴의 피부가 마치 멍게 껍질을 보는 것 마냥 울퉁불퉁하고 흉측한 것은 언제 봐도 적응이 되지 않았다. 개방의 거지들 중에 깔끔한 사람이 얼마나 되겠냐마는, 특히 추방산의 얼굴 피부는 보통 사람들이 바로 보기에 힘겨울 정도였다.

'안타깝다. 사람을 평가할 때 외모가 어느 정도 영향을 미치는 것은 어쩔 수 없는 사실이다. 만약 추 방주의 얼굴 피부가 이처럼 거칠지 않았더라면, 개방의 제자들이 좀 더 그를

편견없이 바라보았을지도 모를 일인데.'

진양의 추측이 완전히 틀린 것은 아니었다.

추방산은 실제로 그 특이한 외모 때문에 구걸을 다니면서도 쌀 한 톨 얻는 것이 쉬운 일이 아닐 정도였으니까.

어쨌거나 진양과 추방산은 마주 앉아서 두런두런 이야기를 나누었다. 그간의 자초지종을 들은 추방산은 고개를 갸웃거리며 말했다.

"흐음. 그처럼 무리하면서까지 황제를 구할 이유가 있소? 양 장문은 황궁에 원한을 품어도 모자랄 판이 아니오?"

"저는 오늘날까지 많은 사람들을 만났습니다. 그리고 그중에는 제게 섭섭한 행동을 한 자들도 많았지요. 만약 제가 그들 모두에게 원한을 가지고 멀리했다면, 지금 저는 천상련과 적이 되었을 것이고, 혈사채와도 적이 됐을 겁니다. 뿐만 아니라 화산파와 종남파도 적이 됐겠지요. 더욱이 학립관으로 돌아가지도 않았을 것이고, 그랬다면 신필문도 없으며 지금의 저도 없을 겁니다."

"허허, 그렇다는 말은 곧 용서를 함으로써 그러한 적들을 만들지 않았다는 뜻이오?"

진양이 고개를 저었다.

"제 주제에 용서를 하고 말고가 어디 있겠습니까? 그저 마음을 비우고 순리대로 살다 보니 이렇게 된 것이지요. 적어도 원망을 쌓아놓은 것보다는 훨씬 좋은 결과가 도래하지 않았습니까? 그리고 은혜를 갚으려고 노력하다 보니 생긴 결과이지요."

"허허허! 과연 양 장문은 이 시대의 영웅 대협이시오! 노부가 양 장문에게 깊은 깨달음을 얻었소이다."

"부끄럽습니다, 방주님."

추방산이 빙그레 웃었다.

"양 장문, 그 마음을 잊지 마시오. 은혜를 기억하고 원한을 지우는 그 마음 말이오."

"예, 그러겠습니다."

"이런, 내가 오히려 양 장문을 가르쳤구려. 허허허!"

"하하하!"

두 사람은 마주 보며 껄껄 웃음을 터뜨렸다.

한참을 웃던 추방산이 짐짓 심각한 표정으로 돌아오더니 진양을 보며 말했다.

"이제 곧 연왕이 황궁을 점령할 것이오."

진양도 진지한 표정으로 되물었다.

"새로 입수한 정보입니까?"

"새로 입수했다고 말할 것도 없소. 이미 개방뿐만 아니라 만백성이 짐작하고 있지 않겠소?"

"하지만 개방이라면 그 정확도가 다르지요."

"후후. 고맙소. 양 장문의 말대로 정확도는 매우 높소."

"그 시기가 언제일까요?"

"조만간. 아마 열흘을 넘기지 않을 것이오."

진양이 천천히 고개를 끄덕였다.

자신도 남경에 직접 오고 나서 전란의 분위기가 점차 마무리되고 있다는 것을 느끼고 있었다. 그것은 결코 황제에게 유리한 것이 아니었다.

추방산이 진양의 눈치를 살피다가 입을 열었다.

"만약 연왕이 황궁을 차지하게 되면, 무림맹이 곧바로 발동될 것이오. 하지만 그전에는 우리도 양 장문을 무력으로 도와줄 수는 없소."

"그건 이미 알고 있습니다."

"적어도 보름 내에는 무림맹이 발동될 터인데, 천의교에 대해서는 좀 아셨소?"

"신필문이 아무리 캐봐야 십만 방도의 개방 정보를 따라갈 수 있겠습니까?"

"허허. 그건 그럴지도 모르나, 바로 얼마 전에 연왕을 만나고 왔다니 하는 말이라오."

진양이 차를 들이켜고는 말했다.

"연왕은 위교사왕과 함께 저를 대접했습니다. 아마도 연왕은 그들을 무척 아끼는 듯합니다. 하지만 모든 것이 자신의 야망을 위한 것인 듯 보였습니다."

"그럼 연왕이 양 장문을 해하려고 한 것도 자신의 야망에 걸림돌이 될까 봐 그런 것이오?"

"그렇지요. 사실 그 자리에서 글을 적어드렸지요. 왕야께서는 제게 지금 가장 필요한 것이 무엇이냐고 물으셨지요. 그 대답에 연왕의 행위를 나무라는 뜻이 들어 있었으니 절 일찌감치 제거하려고 생각했을 겁니다."

"흐음. 양 장문도 참. 대충 기분을 맞춰드리지 그랬소?"

진양이 빙그레 웃었다.

"말은 한 번 뱉으면 다시 주워 담을 수 없지요. 하지만 세월이 지나면 잊힐 수도 있습니다. 그러나 글은 세월이 지나도 남지요. 말도 무섭지만, 글은 말보다도 더 무서운 것 아니겠습니까? 하니 차마 거짓 글을 적을 수는 없었습니다."

"허허허! 양 장문은 참으로 묘한 사람이오. 부드럽고 유연하게 느껴지다가도 뜻을 펼침에 있어서는 대쪽 같은 면이 있으니 과연 대인이시오!"

"과찬이십니다."

"한데 그곳에서 천의교에 대한 정보는 더 얻은 것이 없었소?"

"아! 비도옥왕 여만옥이 죽었습니다."

하지만 추방산은 별로 놀라지도 않는 눈치였다.

"혹 당주의 손에 죽었다고 들었소. 사실이오?"

"역시 개방은 정보가 빠르군요. 맞습니다."

"흐음. 그리고 또 다른 정보는?"

진양이 고개를 설레설레 저었다.

"마땅히 드릴 말씀이 없군요. 그저 가볍게 식사만 했던 자리인지라……."

"그렇구려. 천의교라는 조직은 참으로 베일을 벗기기가 어렵군."

"한 가지 의문점은 있습니다."

"무엇이오?"

"이날 이때까지 천의교에 대해서 조사하고 직접 부딪쳐도 보았지만, 아직 한 번도 천의교주에 대해서는 본 적도 들은 적도 없다는 것입니다. 물론 위교사왕의 입을 통해 천의교주가 대단한 무공을 소유하고 있다는 것은 들었지만, 그 외에는 단 한 번도 들어본 적이 없지요. 혹 개방에서는 이에 관한 정보가 있는지요?"

추방산이 고개를 끄덕였다.

"바로 그것에 대해 나도 조사하고 있었소. 한데 최근 우리 개방이 입수한 정보에 의하면 뜻밖의 결과가 도출되고 있소."

"그게 무엇입니까?"

"실제로 천의교주는 존재하지 않는다는 것이오."

진양이 눈을 휘둥그레 떴다.

"천의교주가 존재하지 않는다니요? 누군가에게 죽임을 당한 것입니까?"

추방산이 고개를 설레설레 저었다.

"그런 것이 아니오."

"하면?"

"처음부터 천의교주가 없었던 것이 아닌가 하는 의구심이라오."

"처음부터 교주가 없었다고요? 그럼 저들이 말하는 천의교주는 누구라는 말씀인지요?"

"그러니까 그 교주라는 자가 사실은 허상이라는 거요."

"아……!"

"우리 개방도 백방으로 조사하고 알아보았지만, 그 교주의 실체는 단 한 번도 확인되지 않았소이다. 개방의 역사를 통틀어서도 소속과 신분이 분명한 자를 두고 이처럼 오랫동안 머리카락 한 올조차 찾지 못한 적은 없었소."

"그럼 천의교는 위교사왕이 만든 조직이고, 교주라는 자는 위교사왕이 꾸며낸 우상과 같은 것이군요."

"확정지을 수는 없지만, 현재 개방의 정보로는 그렇게 결론을 내리고 있소."

"신뢰도가 얼마나 됩니까?"

"칠 할 이상이오."

진양이 고개를 끄덕였다.

개방에서 칠 할 이상의 신뢰도를 가진 정보는 거의 사실이라고 봐도 무방하다. 실제 하오문은 헛소문이든 진실이든 상관없이 온갖 정보를 긁어모은다.

하지만 개방은 일 할의 의심이라도 보이면 끝까지 진위 여부를 캐고 들어가는 것이 특징이다.

진양이 입을 열었다.

"만약 그것이 사실이라면 앞으로의 일은 좀 더 수월해질 수 있겠군요."

"아무래도 그렇겠지요."

"어쩌면 보이지 않는 자 때문에 강호인들이 더욱 위축되어 있었을 수도 있겠습니다."

"바로 그 점을 노리는 것 같소. 우리 개방은 무림맹이 설립되면 이 사실부터 먼저 알릴까 생각 중이오."

"천의교주가 없다는 사실 말씀입니까?"

"그렇소."

"하지만 그건 시기상조일지도 모릅니다. 만약 그랬다가 후에 천의교주의 존재가 밝혀지기라도 하면 무림맹은 큰 혼란에 휩싸일 것입니다. 개방의 정보라면 강호인들이 무조건적인 신뢰를 보내기도 하니까요. 하니 천의교주가 존재할지도 모른다는 가능성은 열어두어야겠지요."

그러자 추방산은 이맛살을 슬쩍 찌푸렸다.

"혹시 양 장문은 우리 개방의 정보를 신뢰하기 힘들다는 뜻이오?"

짐짓 불쾌함이 드러나는 그의 말투에 진양이 얼른 손사래를 쳤다.

"그럴 리가 있겠습니까? 하나 매사에 신중하고 조심해서 나쁠 것은 없겠지요."

추방산은 진양을 가만히 바라보다가 곧 고개를 끄덕였다.

"옳은 말이오. 양 장문, 한데 연왕에게 적어주었던 글귀는 무엇이오? 내게도 견식할 기회를 주시겠소? 나 역시 양 장문의 글씨를 무척이나 보고 싶었다오."

"미천한 솜씨지만 보여 드리지요."

"허허, 고맙소."

추방산은 사람을 시켜 문방사우를 챙겨오도록 했다.

진양은 곧 붓을 들고 연왕의 막사에서 적었던 '충신'이라는 글자를 썼다.

글씨를 본 추방산이 찬탄을 금치 못했다.

"참으로 훌륭하군, 훌륭해. 글자에 뜻이 담기고 혼백이 담겨 있소. 그 절절함이 넘쳐흐르는구려."

"지나친 칭찬이라 감당하기 어렵습니다."

"허허. 사실을 말한 것뿐이오. 사실 노부도 심심풀이 삼아 글을 쓰곤 하는데 한 번 봐주시겠소?"

"물론입니다. 오히려 제가 영광입니다."

"허허, 별말씀을."

그러더니 추방산은 붓을 들어 종이에 글자를 적어갔다.

일필휘지로 적어가는 추방산의 붓에는 힘이 넘쳐 났고, 정교함이 묻어 있었다.

그가 적은 글자는 모두 네 글자였다.

鬪志.

信賴.

붓을 놓은 추방산이 진양을 향해 웃으며 말했다.

"양 장문이 연왕에게 필요한 것을 적어주었다면, 나는 우리 무림맹에 필요한 것을 적어보았소. 어떻소?"

진양은 이 글자들을 보고 내심 감탄에 젖어 한동안 입을 다물 줄을 몰랐다.

그가 한참 만에야 진심 어린 감탄을 담아 대답했다.

"정말 대단합니다. 이처럼 글자에 뜻을 담아낼 수 있는 경지는 거의 본 적이 없습니다. '투지'와 '신뢰'라… 과연 무림맹에 필요한 것이 아닌가 생각합니다."

진양은 다시 한 번 글자를 내려다보며 감탄했다.

그의 말대로 '투지(鬪志)'라는 글자에서는 강렬한 필획과 그 모양새에서 싸우고자 하는 의지가 물씬 풍겨 나왔고, '신뢰(信賴)'라는 글자에서는 마음을 움직이게 하는 무언가가 느껴졌다.

"허허. 신필대협 양 장문께 그런 극찬을 들으니 노부가 부끄럽소."

"별말씀을요. 오히려 그 별호는 추 방주님께 어울릴 것 같군요."

"허허허. 과찬이오. 혹 내 글씨에서 미흡한 점은 없었소?"

"나무랄 데가 없는 글씨입니다."

진양이 다시 한 번 감탄하며 칭찬을 아끼지 않았다.

물론 굳이 흠을 잡자면 아예 없는 것은 아니었다. '투지'라는 글씨에서는 그 강맹한 힘이 너무 넘쳤고, 반면 '신뢰'라는 글씨는 다소 유약해 보이는 단점이 있었다.

하지만 이는 대개의 사람이라면 결코 느낄 수 없을 만큼의 미세한 차이였다. 그래서 진양은 굳이 그러한 것들을 입에 담지 않았다.

무엇보다 두 단어 모두 뜻과 진정성을 담아내고 있기에 사람의 마음을 움직이는 힘이 있었다.

추방산이 자리에서 일어나며 말했다.

"이런. 몹시 피곤하실 텐데 노부가 염치없게 오랫동안 붙들었구려. 이제 그만 가서 쉬도록 하시오."

"하하. 저 역시 추 방주님께 깊은 가르침을 받아 흥겨운 자리였습니다."

두 사람은 서로 덕담을 주고받으며 자리를 정리했다.

다음날 새벽 진양은 잠을 자다가 목이 말라 깨어났다. 그가 탁자에 차려놓은 물을 한 모금 마시는데, 바깥에서 두런거리는 소리가 들렸다.

사실 그 소리는 진양이 머무는 방에서 제법 멀리 떨어진 대청 앞에서 들리는 소리였지만, 고의적으로 목소리를 죽여 수군거리는 것이다 보니 진양은 못내 신경이 쓰인 것이다.

진양은 문을 열고 밖으로 나가 대청 앞으로 다가갔다.

마침 대청 앞에는 추방산을 비롯한 몇 명의 개방 제자들이 모여 있었는데, 그중 한 사람이 진양을 알아보았다.

"양 장문께서 새벽 시간에 어찌 주무시지 않고 나오셨습니까?"

그의 표정이 다소 놀란 듯했다.

진양이 멋쩍게 웃으며 말했다.

"목이 말라 깨어났다가 멀리서 수군거리는 소리를 들었습니다. 해서 혹시 무슨 일이 생겼나 싶어 나와보았습니다."

진양의 대답에 거지들은 저마다 놀란 표정이었다.

소리를 한껏 죽이고 수군거렸는데도 그 멀리에서 소리를 들었다니, 진양의 공력이 얼마나 심후한지 새삼 깨달을 수 있었던 것이다.

진양이 다가가며 물었다.

"무슨 문제라도 생기셨습니까? 모두 안색이 썩 좋아 보이지 않습니다."

진양의 말에 거지들이 저마다 눈치를 살피며 추방산을 힐끔 쳐다보았다.

추방산이 어쩔 수 없다는 표정으로 한숨을 내쉬고는 진양에게 다가갔다.

"사실 양 장문께는 말하고 싶지 않았소. 분명 걱정하실 것 같아……."

진양이 눈살을 찌푸리며 물었다.

"무슨 일이십니까? 혹… 가 당주가 잘못되기라도 했습니까?"

"아니오. 아직 그런 정도는 아니오. 다만 그가 위험에 처한 것은 사실이오."

"그곳이 어딥니까?"

진양이 당장에라도 달려갈 듯이 말했다.

추방산이 한숨을 내쉬며 말했다.

"우선 마음을 차분히 가라앉히고 들으시오. 우리가 입수한 정보에 의하면 지금 가 당주는 이곳에서 남서쪽으로 삼십 리 정도 떨어진 숲 속에 있소. 한데 병사들이 포위진을 펼쳐 쉽게 빠져나오지 못하고 있는 듯하오. 아직 사로잡히지는 않았지만……."

"그걸 왜 이제야 말씀해 주시는 겁니까?"

진양이 다그치자 추방산이 씁쓸한 표정으로 말했다.

"사실 이 이야기를 해봐야 양 장문이 걱정만 하게 될 것 같아서 그랬소. 우리 개방이 직접 가서 가 대협을 구해올 생각이었다오."

"우선 알려주서서 고맙습니다!"

진양이 말을 던지고는 곧장 몸을 날렸다.

그 순간 추방산이 손을 뻗어 진양의 어깨를 잡았다.

"잠깐. 거긴 지금 몹시 위험하오. 양 장문이 가서 혹여 잘못되면 큰일이 아니겠소. 양 장문은 앞으로 무림맹을 이끌어야 할지도 모르오. 하니 몸가짐을 조심히 하셔야 하오."

하지만 진양은 추방산의 말이 귀에 들리지도 않는 듯했다.

"맹주의 자리가 몸을 사려야 하는 자리라면, 굳이 제가 맡지 않아도 될 것입니다."

그러더니 진양은 번개처럼 달려나갔다.

밤바람이 스쳤다.

진양은 바람결에 따라 나뭇가지 위에서 천천히 흔들렸다.

광활한 숲이 눈앞에 펼쳐져 있는 언덕 위.

그곳에 우뚝 솟아 있는 나무의 맨 끝가지에 진양이 두 발을 모아 꼿꼿하게 선 채 숲을 바라보고 있었다. 바람결에 흔들릴 때마다 그가 살피는 숲의 방향도 달라졌다.

어느 순간 그의 눈이 반짝 빛을 뿜었다.

'저기군!'

찰나, 진양의 몸이 쏜살처럼 날아갔다.

허공을 밟으며 한참을 날아간 진양이 바닥에 내려서자마자 질풍처럼 질주했다. 그가 지나간 자리마다 뒤늦게 풀잎들이 몸을 눕혔다.

마침 숲 바깥쪽에서 포진해 있던 병사 몇 명이 진양이 달려오는 것을 보고 얼른 창검을 앞세웠다.

"헛! 누구……!"

샤악! 캉!

"악!"

"커억!"

그들은 말도 끝맺기 전에 진양의 수호필에 혈도가 짚여 그대로 짚단처럼 넘어가 버렸다.

병사들이 속절없이 쓰러지자, 진양은 옆도 돌아보지 않고 그대로 숲 안으로 들어갔다.

그가 나뭇가지를 밟으며 이동하는 동안 병사들 몇이 그를 확인하고는 화살을 쏘았다.

"또 다른 놈이 있⋯⋯!"

쒜에엑!

"커억!"

화살을 쏜 병사들 역시 말을 맺기도 전에 자신이 쏜 화살에 상처를 입고 쓰러졌다.

진양이 날아드는 화살을 낚아채고는 각기 다른 곳의 병사들에게 공력을 실어 쏘아 보낸 것이다.

그중 몇몇은 그대로 목이 꿰뚫려 그 자리에서 즉사하고 말았다.

진양은 되도록 살인을 하지 않으려고 했다. 하나 가신풍이 적에게 사로잡힐지도 모른다고 생각하자, 그런 아량을 베풀 만큼 여유롭지가 못했던 것이다.

진양은 그야말로 한줄기 바람처럼 숲 속으로 스며들어 나무 사이사이를 헤집으며 빠르게 나아갔다.

그가 숲 깊숙이 들어갈수록 밀집한 병사들이 많아졌다.

진양은 때때로 병사들 뒤로 소리없이 다가가 목을 비틀기도 했고, 혈을 짚어 잠재우기도 했다.

어느 한 명이라도 진양을 발견했다 싶으면 그가 소리치기도 전에 검이나 창을 집어 던져 목숨을 끊어버렸다.

주위가 잠잠해지자 진양은 다시 커다란 나무 기둥을 밟고 다람쥐처럼 날아올랐다. 그가 나무 끝에서 허공으로 도약하며 주위를 살피자, 곧 나뭇가지가 많이 흔들리는 지역이 눈에 띄었다.

분명 많은 병사들이 가신풍을 포위하고 있는 곳이리라.

바닥에 착지한 진양은 심호흡을 한 후 주변을 날카롭게 훑었다.

이제부터가 중요했다.

지금까지는 거침없이 파고들어 왔다면, 이제부턴 숨을 죽여 저승사자처럼 고요히 잠입해 적들을 하나씩 제압해야 했다.

진양은 경신법을 써서 발소리를 최대한 죽이고 병사들이 밀집한 지역으로 가까이 다가갔다.

얼마쯤 나아가자 나무 사이로 멀찌감치 서 있는 가신풍이 눈에 들어왔다.

진양은 반가운 마음에 하마터면 소리를 지를 뻔했다.

가신풍은 한 사람을 대면하고 있었는데, 바로 곽연이었다.

가신풍이 곽연과 정면 승부를 벌인다면 절대 곽연을 이길 수 없었다.

때문에 가신풍은 계속 눈길을 이리저리 던지며 빠져나갈 구멍이 없는지 살피고 있었다.

그렇게 몇 번이나 달아났지만, 사방에 포진하고 있는 병사들 때문에 가신풍은 번번이 숲을 벗어나지 못하고 발이 묶였던 것이다.

이제 가신풍도 체력이 다 되었는지 호흡이 거칠었다.

반면 곽연은 아직도 느긋한 여유가 있었다.

진양은 곽연의 등을 바라보다가 천천히 좌우를 살폈다.

왼쪽에 두 명의 병사가 창을 쥐고 있었고, 오른쪽에 한 명의 병사가 검을 쥐고 있었다.

가신풍의 신법이 아무리 재빠르다고 하더라도 곽연을 뚫고 달아나기는 힘들기 때문에 다른 방향에 비하여 비교적 적은 수의 병사가 서 있었던 것이다.

하지만 진양이 그 뒤로 접근해 올 줄이야 누가 알았으랴.

진양은 호흡을 죽인 채 가만히 때를 기다렸다.

지금 섣불리 움직인다면 곽연이 분명 눈치챌 수 있었다.

기회는 단 한 번.

곽연과 가신풍이 서로 검을 섞을 때다.

두 사람이 격돌하는 순간, 진양이 병사 세 명을 순식간에 잠재울 수만 있다면 가신풍을 도와 이곳을 빠져나갈 수 있으리라.

물론 곽연의 일격에 가신풍이 급소를 맞거나 죽어버리기라도 한다면 모든 계산은 허물어진다.

모쪼록 가신풍이 곽연의 공격을 견뎌주길 바라는 수밖에 없었다.

곽연과 가신풍은 한동안 말을 주고받았다.

하지만 진양은 두 사람의 대화에는 일절 신경도 쓰지 않았다. 그는 오로지 곽연의 뒷모습을 보며 언제 움직일지 예의주시하기만 했다.

그러던 어느 순간,

곽연의 전신에 힘이 들어가는 것을 느낀 진양이 잽싸게 바닥을 박차고 튀어나갔다. 거의 동시에 곽연 역시 가신풍을 향해 빠르게 쇄도해 들어갔다.

움직임은 진양이 먼저였지만, 범인이 본다면 동시에 움직인 것이나 다름없었다. 진양은 곽연의 호흡과 근육의 움직임, 기운 등으로 그가 움직일 것을 미리 예측한 것이다.

곽연이 가신풍에게 거의 다다랐을 때쯤, 진양은 병사 한 명 뒤로 은밀하고도 빠르게 다가갔다.

이른바 귀신처럼 소리없이 움직인다 하여 귀영보법(鬼影步法)이라 불리는 경신법이었다.

진양이 그의 등 혈도를 찍자 병사가 움찔 떨며 그대로 굳었다. 바로 곁에 있던 병사가 진양을 발견하고는 두 눈을 부릅

떴다. 하나 그가 겨우 몸만 뒤틀었을 때, 진양의 수호필이 빠르게 나아가 그의 목 아래 혈도와 가슴과 배의 혈도를 차례로 두드려 나갔다.

아혈과 마혈이 짚인 그 병사 역시 짤막한 신음을 흘리며 쓰러졌다.

두 사람이 쓰러지는 소리는 마침 곽연과 가신풍이 서로 검을 섞으며 터져 나온 마찰음에 묻히고 말았다.

털썩!

털썩!

까앙!

가신풍을 상대하느라 모든 신경을 쏟아붓고 있는 곽연은 자신 뒤를 받치고 있던 병사 둘이 소리없이 쓰러진 사실을 꿈에도 모르고 있었다.

하지만 진양이 우려하고 있던 오른쪽에 서 있던 병사가 진양을 발견했다.

그가 눈을 휘둥그레 뜨고 막 입을 벌려 소리를 지르려는데,

쒜에엑!

진양이 던진 창날이 곧장 날아가 병사의 목을 꿰뚫고 나무 기둥에 박혔다. 이번에도 그 소리는 곽연과 가신풍의 마찰음에 묻혔다.

까앙! 깡!

콰직!

그야말로 순식간에 병사 세 명이 속수무책으로 당하고 만 것이다.

진양은 가급적 살생을 하지 않았지만, 마지막 병사를 처리할 때는 달리 방법이 없었다.

세 번째 병사가 쓰러졌으니 이제는 퇴로가 확보된 셈이었다.

진양은 곧장 곽연에게 달려가며 쩌렁쩌렁 소리쳤다.

"가 당주! 내가 왔소!"

그 소리에 매몰차게 공격을 이어가던 곽연이 흠칫 떨며 몸을 돌렸다.

순간 진양이 수호필을 무겁게 내려쳤다.

쩌엉!

곽연과 진양 사이에서 고막을 찢을 듯한 마찰음이 터져 나왔다.

순간 사방으로 후끈한 기운이 훅 불어나갔다.

"문주님!"

가신풍이 반색하며 소리쳤다.

진양은 그대로 공력을 끌어올려 곽연의 검을 밀어 쳤다. 곽연이 뒤로 수 장을 주룩 밀려 나가자, 진양이 얼른 소리쳤다.

"달리시오! 가 당주!"

말이 떨어지기가 무섭게 가신풍이 진양 뒤로 내달리기 시작했다. 진양 역시 더는 곽연을 상대하지 않고 몸을 돌려 달렸다.

"이익! 양진야앙!"

곽연이 이마에 시퍼런 핏대를 세우며 분노에 찬 고함을 내질렀다.

하지만 진양은 뒤도 돌아보지 않고 줄곧 왔던 길을 되돌아 달려갔다.

곽연이 바람처럼 달려 두 사람의 뒤를 바짝 쫓았다.

경공술이 누구보다 뛰어난 가신풍은 이미 숲을 거의 벗어나기 직전이었다.

그가 날다람쥐처럼 잽싸게 나무를 밟고 올라서서는 허공으로 뛰어오르며 곽연을 향해 화살을 쏘았다.

패앵!

쒜에엑!

"이익!"

곽연이 날아드는 화살을 쳐내고는 다시 뒤쫓아 갔다.

가신풍과 진양은 이내 숲 밖으로 나와 언덕을 달리기 시작했다.

진이 무너진 병사들이 뒤늦게 두 사람을 쫓아 숲에서 뛰쳐나왔다. 병사들이 대열을 지어 두 사람을 뒤쫓는데, 마침 언덕 위에서 셀 수도 없이 많은 거지 떼가 나타났다.

거지들은 저마다 노래를 부르고 북을 치고, 구걸하거나 앓는 소리를 내며 병사들의 혼을 빼놓았다.

거지들 사이로 걸어나온 자가 진양과 가신풍을 맞이했다.

"고생하셨소."

그는 바로 개방의 방주인 추방산이었다.

진양이 양손을 맞잡으며 사례했다.

"마중을 나와주셔서 감사합니다."

"허허, 양 장문이 위기에 처한 것을 빤히 알고도 어찌 모른 척할 수 있겠소?"

그러더니 추방산은 진양을 지나쳐 병사들이 있는 곳으로 저벅저벅 걸어갔다.

"여기 양 장문은 우리 개방의 손님이오! 우리 개방에는 십만 방도가 있소! 우리 손님을 위협하는 것은 곧 개방을 위협하는 것과 같소! 자! 어찌시겠소?"

곽연은 진양을 노려보다가 다시 시선을 추방산에게 돌렸다.

두 사람은 한참 동안 서로 눈빛을 교환했다.

이윽고 곽연이 체념한 듯 돌아섰다.

"진영으로 돌아갑시다."

그의 말에 병사들을 이끌고 온 장군이 명령을 내렸다.

수많은 병사들이 물러나는 것을 보자, 진양은 다시 한 번 개방의 위세에 감탄했다.

'개방이 이 정도로 위명이 높을 줄은 몰랐구나. 방주의 한 마디 말에 저 많은 병사들이 발길을 돌릴 줄이야. 그게 아니라면 혹 연왕은 개방에게 신세를 진 적이 있었던 것일까?'

어쨌거나 진양으로서는 가신풍을 무사히 데려올 수 있어서 다행이었다.

진양은 비로소 안도의 숨을 내쉬고는 개방의 남경 분타로 돌아갔다.

第四章
황제는 머리를 깎고

사흘 후 급보가 날아왔다.

연왕의 움직임을 예의주시하고 있던 가신풍이 남경의 개방 분타로 급히 달려왔다.

"문주님! 일이 터졌습니다!"

진양을 비롯한 유설과 사상이괴가 자리에서 벌떡 일어났다.

서요평이 물었다.

"연왕이 황궁을 쳤는가?"

"예, 수성장(守城將) 이경륭(李景隆)이 성문을 열고 곧바로

투항했습니다!'

"뭐야!'

쾅!

서요평이 탁자를 내려치며 벌떡 일어났다.

그가 씨근대며 소리쳤다.

"어찌 황제의 신하 된 자가 제대로 싸움도 하지 않고 역적에게 무릎을 꿇을 수 있단 말인가?'

진양이 자리에서 일어났다.

"아무래도 이러고 있을 시간이 없겠습니다. 당장 가봐야겠습니다."

"나도 가겠네!'

"저도 가겠어요!'

하지만 진양은 유설을 남게 했다.

"누이는 남아서 혹 당주를 보살펴 주시오."

"하지만……."

"당주만 여기에 두고 모두 갈 수는 없지 않겠소?'

"…알겠어요."

유설이 수긍하자, 진양은 곧바로 사상이괴와 가신풍을 데리고 황궁으로 떠났다.

황궁은 그야말로 아수라장이었다.

연왕이 끌고 온 병사들이 우르르 쏟아져 들어가 있었고, 조정의 문무백관들은 저마다 무릎을 꿇고 머리를 조아리며 연왕을 맞이했다.

연왕의 병사들은 황궁 곳곳을 들쑤시며 황제를 찾기에 혈안이 되어 있었다.

진양 일행은 소란스러운 틈을 타서 곧장 황제가 있을 법한 거처로 찾아갔다. 이미 오래전에 그는 현 황제와 친분을 쌓으면서 황궁 내에서 그가 갈 만한 장소를 대충 짐작하고 쉽게 찾을 수 있었다.

마침 그가 다다랐을 때, 궁에서 불길이 치솟으며 연기가 올라오는 것이 아닌가.

진양이 얼른 달려들어 가니 시퍼런 빛줄기가 날아들며 진양의 목을 노렸다.

"헛!"

진양이 몸을 뒤틀며 피하자, 강맹한 힘이 실렸던 검은 그대로 문짝을 그으며 두 동강 내버렸다.

검을 휘두른 상대는 진양이 민첩하게 피해내자 내심 놀란 듯 몸을 움찔 떨며 돌아보았다. 그러다가 곧 진양의 정체를 확인하고는 반색하는 표정이 됐다.

"당, 당신은……!"

진양도 정신을 차리고 보니 자신에게 검을 휘두른 자는 다름 아닌 황제의 오래된 호위무사 번웅이었다.

진양이 얼른 번웅을 향해 물었다.

"황제 폐하께서는 어디에 계십니까?"

"따라오십시오!"

번웅이 얼른 몸을 돌리고 복도를 따라 걷기 시작했다. 이미 연기는 복도를 가득 메워 숨을 쉬기도 힘들 정도였다. 궁 밖에는 병사들이 모인 것인지, 태감들이 모인 것인지 웅성이는 소리가 들려오고 있었다.

번웅이 방문 앞에 다다라 문을 벌컥 열자, 이글거리며 타오르는 불길 속에서 정좌하고 앉아 있는 주윤문이 보였다. 오랜 세월이 흘러 다소 달라진 모습이었지만, 진양은 그의 얼굴에서 과거의 추억을 고스란히 되새길 수 있었다.

진양이 눈물을 흘리며 큰절을 올렸다.

"폐하! 불충한 양 아무개가 이제야 찾아뵙습니다!"

진양의 목소리에 주윤문이 눈을 게슴츠레 떴다. 그는 진양을 보고는 잠시 자신의 눈을 믿지 못하겠는지 눈을 몇 번 끔뻑였다. 그리고 그 곁에 묵묵히 선 번웅을 돌아보며 물었다.

"번웅, 내가 지금 꿈을 꾸는 것이오? 아니면 연기에 취해 환각을 보는 것이오?"

번웅이 빙그레 웃으며 말했다.

"정말로 양 장문이 찾아왔습니다. 폐하께서 그토록 그리워하시던 그분이 직접 오셨습니다."

"아……!"

그제야 주윤문이 자리에서 일어나며 환하게 웃었다.

"양 장문… 정말 그대가 그때의 양진양이란 말이오?"

"폐하! 틀림없이 제가 양진양이옵니다! 그동안 폐하를 찾아뵙지 못한 불충을 용서하십시오!"

진양은 하염없이 눈물을 흘렸다.

주윤문도 어느새 양 뺨에 눈물 줄기가 길게 이어져 있었다. 그가 흐느끼며 엎드려 있는 진양을 덥석 안았다.

"어찌 이곳에 그대가 있단 말이오? 어찌 그대가 지금 내 앞에 있단 말이오? 그대는 고개를 들고 나를 보시오."

"폐하를 구하기 위해 달려왔습니다. 폐하, 어서 마음을 추스르시고 이곳을 떠나십시오. 연왕은 폐하를 살려두지 않을 것입니다. 지금은 잠시 떠났다가 훗날을 도모하심이 옳습니다!"

하지만 주윤문은 고개를 저었다.

"이제 나는 모든 것을 내려놓았소. 훗날을 도모하는 것 자체가 싫다오. 양 장문, 내가 죽기 전에 그대를 볼 수 있는 것은 그나마 신이 내게 베푼 마지막 선물이 아닌가 싶소. 고맙소. 나를 위해 이 먼 곳까지 와줘서 정말 고맙소. 하나 나는 더 이상 살아갈 의지가 없소."

"폐하, 그런 말씀 하지 마십시오! 이곳까지 달려온 저를 위해서라도 반드시 사셔야 합니다! 모든 것을 내려놓으셨다면, 그 삶도 살아보셔야 하지 않겠습니까? 훗날을 도모하지 않으시겠다면, 다른 인생을 한 번 살아보시는 것도 의미가 있지 않겠습니까?"

그러자 곁에 서 있던 번웅도 진양을 거들었다.

"폐하, 양 장문은 폐하를 구하기 위해 일부러 위험을 감수하며 이곳까지 왔습니다. 그의 뜻을 헛되게 하지 마시옵소서."

주윤문은 고개를 들고 눈물을 흘렸다.

어쩌다가 자신이 이 지경까지 왔단 말인가?

하지만 번웅의 말대로 진양의 수고로움을 헛되게 만들고 싶지는 않았다. 그리고 진양이 이야기한 것처럼 황제의 인생이 아닌 또 다른 삶을 살아보는 것도 의미가 있으리라.

무엇보다 자신이 여기서 망설이고 있으면 진양마저 더욱 위험에 처할 수 있었다.

주윤문이 마음을 추스르고 말했다.

"알겠소. 내 지금은 삶을 포기하지 않으리다. 하지만 이곳을 무사히 빠져나갈 수 있겠소?"

"궁내에 비밀통로가 있는지요?"

"비밀통로가 있긴 하지만 여기서 북서쪽으로 좀 더 가야

하오. 아마도 그 궁에도 지금 불이 났을 거요."

"그럼 우선 그곳으로 가지요!"

그때 복도에서 기다리던 사상이괴와 가신풍이 방 안으로 달려왔다.

"서둘러야겠네!"

서요평의 외침에 이어 가신풍이 말했다.

"지금 병사들이 이곳으로 들어올 기세입니다!"

진양이 고개를 돌려 번옹에게 물었다.

"혹시 나가는 길이 또 있습니까?"

번옹이 앞장서며 말했다.

"따라오십시오!"

그들은 불기둥이 쓰러지는 복도를 빠르게 달려 궁의 뒷문으로 빠져나갔다.

그들이 막 밖으로 나서자 마침 뒷문을 에워싸고 있던 병사들이 진양 일행을 향해 달려들었다.

"앗! 여기 있다!"

병사들은 차마 황제를 향해 창검을 휘두르지는 못하고 위협적인 눈빛으로 포위만 했다.

그 순간 번옹이 눈을 번뜩이며 몸을 날렸다.

퍼억!

서걱!

"커억!"

번웅이 검을 휘두를 때마다 병사들이 속절없이 쓰러져 갔다.

다른 병사들이 번웅의 뒤를 공격하려는 순간, 이번에는 가신풍과 사상이괴가 몸을 날려 그들을 공격했다.

"어딜!"

"네놈들이 감히 폐하께 창검을 겨누다니! 이 오랑캐만도 못한 놈들!"

가신풍과 서요평의 합세에 병사들은 저마다 비명을 내지르며 쓰러져 갔다.

진양은 얼른 주윤문을 호위하며 달려갔다.

"어서 가시지요!"

진양과 주윤문이 무사히 포위망을 빠져나가자, 번웅과 사상이괴, 가신풍도 몸을 빼내고 뒤쫓아 왔다.

진양 일행이 도착한 곳은 주윤문의 말대로 불길이 이글거리며 타오르는 궁전이었다.

"저 안으로 들어가야만 비밀통로로 탈출할 수가 있는데……."

주윤문이 가리킨 곳은 궁의 입구였다. 그곳을 보고 있노라니, 마치 지옥에서 올라온 마귀가 입을 쩍 벌리고 있는 듯했다.

"제가 폐하를 지켜 드리겠습니다!"

진양이 무릎을 꿇고 이야기하더니 벌떡 일어나서 주윤문을 번쩍 안아 들었다.

진양이 먼저 불구덩이 속으로 달려가자, 다른 일행도 그 뒤를 따라갔다. 뒤쫓아 오던 병사들은 이글거리는 화마를 이기지 못하고 주춤주춤 물러서기에 바빴다.

마침 병사들을 인솔하는 장군이 사방을 돌아보며 소리쳤다.

"근방을 샅샅이 뒤져서 빠져나갈 길을 모두 봉쇄하라!"

"옛!"

병사들이 일사불란하게 흩어지기 시작했다.

우지끈!

불길에 휘감긴 기둥 하나가 떨어져 내렸다.

"조심!"

서요평이 손바닥에 공력을 실어 진양의 어깨를 가볍게 밀어 쳤다. 진양이 앞으로 서너 걸음 떠밀려 걷자 마침 그 빈자리에 불기둥이 요란한 소리를 내며 떨어졌다.

콰당! 탕!

다른 사람들은 경공술을 이용해 불기둥을 가볍게 넘어왔다.

진양은 계속 앞으로 달려나갔다.

사방에서 이글거리며 타오르는 불길 때문에 살갗이 따가웠다.

그나마 이들이 이만큼 버틸 수 있는 것은 공력을 이용해서 차가운 기운을 체내에 주천시키기 때문이었다.

가장 버티기 힘겨운 사람은 무공이 제일 약한 주윤문과 양의 기운이 유독 강한 서운지였다.

때문에 진양은 주윤문에게 끊임없이 차가운 음의 기운을 흘려보냈고, 서운지와 서요평은 손을 꼭 잡은 채 걷고 있었다.

"여기서 아래로… 내려가시오."

주윤문이 힘겹게 말했다.

사방이 불길과 연기였기에 아무리 진양의 도움을 받는다고 하더라도 주윤문의 안색이 평안할 수는 없었다.

진양은 재빨리 수호필을 꺼내 쥐고 바닥을 내려찍었다.

콰장!

그러자 실내 바닥이 산산조각 나며 흩어졌다. 그 아래로 이어진 계단이 보였다.

진양 일행은 재빨리 계단을 따라 내려갔다.

지하 깊숙이 들어간 진양 일행은 비밀 통로를 따라 달리기 시작했다.

비밀 통로는 마치 거미줄처럼 복잡하게 설계되어 있었는데, 만약 누군가 이 비밀통로를 발견하게 되더라도 길을 제대로 모른다면 바깥으로 빠져나가긴 힘들 듯했다.

하지만 주윤문은 길을 훤히 꿰뚫고 있었다.

"여기서 오른쪽. 그리고 다음에는 왼쪽."

진양은 줄곧 주윤문이 지시하는 대로 달려갔다.

어느 정도 달려가자 주윤문이 정신을 차리고 말했다.

"이제 나를 내려주시오. 걸을 수 있을 것 같소."

"알겠습니다."

그렇게 다시 길을 가는데, 어느 갈림길에서 갑자기 병사 하나가 툭 튀어나왔다.

"앗! 여, 여기 놈이 있다!"

병사의 외침에 다른 통로에서 다급히 달려오는 소리가 들렸다.

아마도 다른 궁에서 비밀통로를 발견하고 내려온 모양이었다.

진양은 재빨리 수호필을 휘둘러 병사의 목을 그어버렸다.

"크억!"

병사가 목을 쥔 채 피분수를 뿜으며 쓰러졌다.

"달려야겠습니다!"

진양 일행이 달리기 시작하자, 병사들이 뒤에서 고함을 내

지르며 따라오기 시작했다.

좁은 지하 통로에서 수십 명에 달하는 병사가 한꺼번에 고함을 내지르니 그 울림이 몹시 컸다.

주윤문은 안색이 새파랗게 질리고 말았다.

한참 달리던 진양이 갑자기 우뚝 멈춰 섰다.

이를 본 가신풍이 물었다.

"문주님, 왜 그러십니까?"

"폐하를 모시고 먼저 가시오!"

"하면 문주님은……."

"곧 뒤따라가겠소. 가는 길마다 칼자국을 내서 표시를 해 두시오. 내가 찾아갈 수 있도록."

가신풍은 진양에게 함께 가자고 하려다가, 곧 진양이 뭔가를 시도하려고 한다는 것을 알고는 고개를 끄덕였다.

"…알겠습니다. 조심하십시오."

진양은 고개를 끄덕였다.

결국 주윤문을 비롯한 다른 무인들은 진양을 남겨두고 모두 비상통로를 따라 떠났다.

조금 있자 병사들이 진양 앞에 다다랐다.

그들은 진양이 갑자기 통로를 막아선 채 떡 하니 버티고 있자, 주눅이 들어 주춤거리며 멈춰 섰다.

병사 하나가 칼을 들어 진양을 가리키며 소리쳤다.

"이놈! 황제 폐하는 어디에 계시는가?"

진양은 잠시 생각하다가 이내 대꾸했다.

"폐하께서는 네놈들에게 투항하는 대신 죽음을 택하셨다!"

"뭐, 뭣이? 그, 그럼 네놈들이 결국 폐하를 죽게 했구나!"

병사들이 깜짝 놀라 소리쳤다. 아마도 진양의 말을 믿는 모양이었다.

진양이 냉소를 지으며 물었다.

"흥! 황제 폐하를 위협한 네놈들이 할 소린가?"

"뭣이? 누가 위협한단 말이냐? 우리는 황제 폐하를 보호하기 위해 온 것이다!"

"닥쳐라! 손바닥으로 하늘을 가려라!"

진양이 노기에 찬 목소리로 외치자, 지하통로가 통째로 떨리는 듯했다.

병사들이 기가 죽어 차마 더는 말을 잇지 못하고 주춤거리며 다가왔다.

진양은 천천히 공력을 끌어올리며 수호필을 치켜들었다.

병사들이 다시 한 번 주춤거리며 물러나는 찰나,

"하앗!"

진양이 기합성을 터뜨리며 수호필을 열십자로 그었다.

병사들은 무슨 일이 일어난 것인지 알 수 없었다.

그런데 다음 순간,

꾸르르릉. 꾸르릉.

지하통로가 잔잔하게 떨리더니 갑자기 진양과 병사들 사이의 벽에 금이 쩍쩍 가기 시작했다. 뿐만 아니라 바닥과 천장에도 금이 생기더니 이내 '우르르릉!' 하는 소리와 함께 지진처럼 진동이 일어났다.

"우아아앗! 물러서라!"

병사들이 뒤로 우르르 물러나자, 마침 신호라도 된 듯 천장과 양쪽 벽에서 모래와 자갈 따위가 터져 나오기 시작했다.

꽈르르릉! 꽈당탕!

천장이 무너지고 벽이 무너지자, 좁은 지하통로는 금방 꽉 막히고 말았다.

진양과 병사들이 있는 곳이 정확히 양분된 것이다.

진양은 다시 몸을 돌려 달리기 시작했다.

진양은 그 후로도 나타나는 갈림길마다 같은 방법으로 지하 통로를 무너뜨렸다.

진양이 통로를 따라 나온 곳은 남서쪽에 위치한 야산의 어느 언덕 위였다.

주위를 찬찬히 살펴보던 진양은 마침 나무에 새겨진 칼자국을 발견할 수 있었다.

분명 가신풍이 새긴 것이리라.

진양은 칼자국이 난 방향을 따라 달려 올라가기 시작했다.

표시된 길을 따라가다 보니 머지않아 어느 절벽 위에 서 있는 황제 일행을 발견할 수 있었다.

"오오, 양 장문! 무사하셨구려."

주윤문은 진양을 보자마자 반갑게 달려와 진양의 손을 꼭 잡았다.

진양은 주윤문의 손을 맞잡은 채 눈물을 글썽였다.

주윤문의 머리는 산발이 되어 헝클어지고, 얼굴과 몸은 불에 그을리고 흙먼지가 묻어 몹시 지저분했다. 누가 지금의 주윤문을 보고 황제라 알아보겠는가?

진양은 착잡한 마음에 말을 이을 수가 없었다.

주윤문은 몸을 돌려 절벽으로 다가가 남경 시내를 내려다보았다.

황궁은 여기저기 불길이 치솟아오르고 있었고, 궁내에는 병사들이 분주하게 돌아다니고 있었다. 그리고 남경의 거리마다 사람들이 몰려나와 황궁을 구경하고 있었다.

그들 중 몇 명은 통곡을 하며 울었고, 어떤 이는 병사들에게 강제로 끌려가기도 했다.

비록 밤이지만 황궁은 타오르는 불길 때문에, 저잣거리는 환하게 켜놓은 등 때문에 그 모습들이 고스란히 보였다.

진양은 남경 시내를 보다 보니 마음이 더욱 쓰렸다.

따지고 보자면 이보다 더 통쾌한 복수도 없지 않을까?

원수의 손자가 원수의 아들에게 목숨을 위협받고 쫓기는 상황이다. 그야말로 원수의 집안이 풍비박산이 난 것인데, 진양은 통쾌하기보다는 씁쓸함만 더할 뿐이었다.

남경 시내를 하릴없이 내려다보던 주윤문이 착 가라앉은 목소리로 입을 열었다.

"여기서 이렇게 보니… 사람들이 참 개미처럼 작아 보이는구려."

모두의 시선이 주윤문에게로 향했다.

그의 목소리에는 허탈감이 잔뜩 묻어 있었다.

어찌 들으면 모든 것을 초월한 것처럼 가볍고 미련없는 것처럼 느껴졌고, 또 어떤 면에서는 후회와 회한으로 가득한 것처럼 들리기도 했다.

주윤문이 씁쓸한 표정으로 말을 이었다.

"저기 보시오. 저렇게 작은 인간이 모여 개미처럼 군단을 이루고 있소. 마치 내가 엄지로 꾹꾹 누르면 개미처럼 죽어버릴 것 같지 않소? 저처럼 연약하기 짝이 없는 인간이 어찌 욕망만큼은 하늘 높은 줄 모르는 것일까? 여기서 이렇게 보니한 명, 한 명이 너무나 작아 보이는데, 그들 개개인에게는 너무나 큰 인생들이겠지요?"

주윤문은 잠시 말을 끊고 한숨을 길게 내쉬었다.

그는 고개를 들어 밤하늘의 별을 보았다.

"저 별이 본다면 우리 인간은 더욱 작디작게 느껴질 것이오. 참 우습지 않소? 저 아래에 있는 개미처럼 작은 인간이 아주 작은 일 하나에 미워하고 시기하고 질투하고. 그러다가 서로 원망하고 죽이기까지 하니……. 여기서 봐도 참 하찮게 느껴지는데… 하늘이 보면 얼마나 더 하찮겠소? 나는 그동안 참 작은 것들에 집착하며 살아온 것 같소."

모두들 주윤문의 이야기에 느껴지는 바가 있어 선뜻 입을 열지 않고 가만히 침묵했다.

잠시 후 진양이 먼저 입을 열었다.

"폐하, 이곳에서 오래 계실 수는 없습니다. 곧 그들이 이곳도 찾아낼 것이니, 우선 몸을 피하시는 것이 좋겠습니다."

"…알겠소."

주윤문은 아무래도 발길이 쉬이 떨어지지 않는 듯 자꾸만 남경 시내를 돌아보았다.

진양 일행은 숲길을 따라 부지런히 걷기 시작했다.

연왕의 성격으로 볼 때 주윤문의 시신을 확실히 발견하기 전에는 결코 추적을 멈추지 않을 것이었다.

일행이 한참을 가다 보니 허름한 절간이 나타났다.

마침 절간 마당에는 빨랫줄에 승려복이 널려 있어 바람에 펄럭이는 소리를 냈다.

주윤문은 그 절간 앞을 지나다가 문득 좋은 생각이 떠올랐다.

그가 걸음을 멈추고 말했다.

"어차피 지금 입은 옷차림으로 오래 버틸 수는 없소. 승려복을 입는 것이 어떻겠소?"

"좋은 생각이십니다."

진양의 대답에 주윤문이 말을 덧붙였다.

"이참에 아예 승려가 되는 것도 나쁘진 않겠지. 어차피 속세를 떠나야 할 입장이 되었으니. 오늘 중으로 머리도 깎아야겠소."

그 말에 번웅이 놀란 표정으로 물었다.

"진심으로 하신 말씀인지요?"

"허허, 그럼 내가 이 상황에서 농이라도 하겠소?"

"하지만 폐하… 그렇게까지……."

"어차피 난 훗날을 도모할 생각이 없소. 번웅도 나를 앞으로 그리 부르지 마시오. 호칭에 주의해야 할 것이오."

"죄송합니다."

"머리를 깎을 테니 앞으로는 그저 스님이라고 부르면 되겠구려."

번웅은 착잡한 표정으로 대꾸하지 않았다.

주윤문은 절간 마당으로 성큼성큼 걸어가서 빨랫줄에 널린 승복을 눈대중으로 가늠해 보았다. 조금 작을 것 같긴 하지만 충분히 입을 수 있을 법했다.

진양이 승복을 거둬들이는데, 마침 사찰 안에서 문이 삐걱 열리더니 노승 한 사람이 걸어나왔다.

"뉘시오?"

노승이 등을 들고 다가오다가 불에 그을린 일행을 보고 눈살을 찌푸렸다.

진양 일행은 저마다 긴장한 채 노승의 반응을 살폈다.

한데 노승은 승복을 쥔 주윤문을 가만히 보더니 혀를 끌끌 찼다.

"전쟁 통에 피난을 가는 모양이구려. 옷이 없었소? 가져가시오."

노승은 손을 휘휘 저으며 대수롭지 않게 말했다.

주윤문이 승복을 꼭 거머쥐며 말했다.

"고맙소."

노승은 고개를 한 번 끄덕이고는 돌아가려다가 문득 걸음을 멈추고 돌아보았다.

"참. 황제 폐하께서는 어찌 됐소? 연왕이 결국 황궁을 점령했소?"

그의 질문에 주윤문은 가슴속에서 뭔가 울컥 서러움이 올라왔다.

그때 진양이 무미건조한 목소리로 말했다.

"그렇습니다. 연왕이 황궁을 점령했고, 황제께서는 불에 타서 돌아가셨습니다."

"아아… 그런, 그런 무서운 일이……!"

노승은 착잡한 표정으로 한탄을 하더니 다시 진양 일행을 돌아보았다.

그러다가 그는 문득 주윤문을 다시 보았다.

이번만큼은 그의 표정이 눈에 띄게 흔들렸다.

지금까지 어두운 밤이라 잘 보이지 않아 몰랐는데, 가만 보니 주윤문의 옷차림과 행동이 여느 사람과 사뭇 다르지 않은가?

노승은 다시 등불을 들고 진양 일행을 찬찬히 훑다가 떨리는 눈동자로 주윤문을 바라보았다.

"혹, 혹시……."

주윤문이 씁쓸한 표정으로 아무 말을 하지 않자, 노승이 그 자리에 털썩 무릎을 꿇으며 절했다.

"폐, 폐하!"

순간 변웅의 눈빛이 날카롭게 번뜩였다.

찰나지간 그가 허리춤에서 검을 뽑아 노승의 목을 향해 내려쳤다.

쒜에엑!

그 순간 은빛의 바람 줄기가 날아들더니 '깡!' 소리를 내며 번웅의 검을 쳐냈다.

바로 진양의 수호필이었다.

진양이 외쳤다.

"이게 무슨 짓이오?"

"폐하를 알아보았소. 죽여야 할 것이오."

번웅은 싸늘하게 말하고는 다시 검을 휘둘러 갔다.

"멈추시오!"

진양이 다시 소리치며 수호필을 휘둘러 번웅의 검을 막았다.

이번에도 검날은 노승의 뒷목에 한 뼘 차이를 두고 튕겨 나갔다.

번웅이 날카롭게 소리쳤다.

"무슨 짓이오?"

"무고한 사람을 죽일 수는 없소!"

"만약 이자가 살게 되면 황제 폐하가 위태로울 수 있소!"

갑자기 벌어진 일에 노승은 혼백이 쑥 빠져나간 듯 정신을 차리지 못했다.

그는 겁에 질린 표정으로 진양과 번웅을 번갈아보고 있

었다.

진양이 다시 소리쳤다.

"그렇다고 아무런 죄도 없는 사람을 죽인단 말이오?"

"그럼 어쩔 생각이오? 비키시오!"

번웅이 검을 다시 휘둘렀고, 진양은 다시 수호필로 막았다.

진양이 다급히 외쳤다.

"번 장군은 하나만 알고 둘을 모르시오?"

"무슨 말이오?"

"만약 여기 주지 스님이 하루아침에 시체로 발견되면? 그
것을 연왕이 모르고 넘어갈 것 같소? 오히려 이건 흔적을 남
기는 것이나 다름없소! 그렇게 되면 이 노승을 살려주는 것이
나 죽이는 것이나 다를 게 없잖소?"

그때 주윤문이 버럭 소리쳤다.

"모두 그만들 두지 못하겠소?"

그의 서슬 퍼런 외침에 번웅과 진양이 동시에 무기를 거두
고 물러났다.

번웅은 시선을 돌리다가 깜짝 놀라 외쳤다.

"폐, 폐하! 어찌 이러십니까?"

주윤문이 어느새 날카로운 돌부리를 쥐고 자신의 목을 겨
누고 있는 것이 아닌가.

주윤문이 번웅을 쏘아보며 말했다.

"번웅, 나는 앞으로 누구도 나를 대신해 죽게 내버려 두지 않을 것이네. 만약 그 노승을 죽인다면, 나 역시 이 자리에서 스스로 목숨을 끊어버릴 것이네."

"폐하!"

"내 말을 이해 못하겠는가!"

"……!"

"검을 거두게."

"…알겠습니다."

번웅이 검을 거두자, 진양도 수호필을 거두어들이며 두어 걸음 물러났다.

주윤문은 두려움에 떨고 있는 노승을 향해 걸어갔다.

"실례가 많았소."

"폐, 폐하……."

"이제 나는 황제가 아니니 그리 부르지 않아도 되오."

"어찌… 제가 어찌……."

"혹 연왕의 군대가 이곳으로 와서 내 행적을 물어보거든……."

"결코 보지 못했사옵니다! 이 노승은 오늘 밤 아무도 만나지 않았습니다."

"그럴 리는 없겠지만, 만약 그들이 위협을 가한다면……."

"결코 보지 않았다 말하겠습니다."

"아니. 그러지 마시오. 만약 그렇게 되면 나를 보았다고 하시오. 사실대로 말해도 좋소."

노승은 물론 진양 일행 모두가 놀란 표정으로 주윤문을 바라보았다.

번웅이 성큼 나서서 물었다.

"폐하, 어찌 그러십니까?"

"내가 도리를 지켜 숙부에게 죽어야 할 운명이라면, 그렇게 죽겠노라. 삶에 대한 집착이나 미련은 이미 던져 버렸다."

딱딱하게 말을 뱉는 주윤문은 불과 어제까지 보았던 유약한 심성의 그가 아니었다.

노승은 그런 주윤문을 보자 마음 깊이 감동을 받았다.

그가 다시 바닥에 머리를 찧으며 말했다.

"노승은 결코 폐하를 보지 않았다고 할 것입니다. 모쪼록 옥체 보존하시옵소서!"

"이 승복은 내가 좀 빌리겠소."

"그리하시옵소서."

주윤문은 승복을 안아 든 채 걸음을 옮겼다.

그가 네댓 걸음 걸어가다가 돌아보며 물었다.

"뭣들 하시오? 갑시다."

그제야 진양 일행도 주윤문을 따라 발길을 돌리기 시작했다.

번웅은 걸음을 떼기 전 노승을 향해 서늘한 목소리로 일렀다.

"만약 말에 책임을 지지 못한다면 내가 땅 끝까지라도 쫓아가서 그대를 죽여 버릴 것이오. 반드시 그 말을 지키시기 바라오."

노승이 부드러운 목소리로 대답했다.

"폐하를 잘 부탁드립니다."

번웅은 한참 동안 노승을 노려보다가 고개를 끄덕이고는 발길을 돌렸다.

진양 일행은 산길을 따라 걷다가 까마득한 낭떠러지가 있는 절벽 위에서 멈췄다. 마침 그 절벽 곁에는 제법 크고 넓은 동굴이 있었는데, 그곳 웅덩이에 물이 고여 있어 일행 모두 목을 축일 수 있었다.

주윤문은 동굴 안에서 승려복을 갈아입고는 밖으로 나와 말했다.

"양 장문, 내 머리를 좀 깎아주시겠소?"

진양은 주윤문을 보며 착잡한 표정으로 물었다.

"정녕 그렇게까지 하셔야 합니까?"

주윤문이 툴툴 웃었다.

"나는 이미 모든 것을 잃었는데, 이깟 머리카락을 깎는 것이 뭐 그리 대수겠소?"

진양은 한숨을 내쉬고는 고개를 끄덕였다.

"알겠습니다."

진양은 단도를 이용해 주윤문의 머리를 깎아주기 시작했다.

끝없이 깊은 낭떠러지 위에서 주윤문의 잘린 머리카락이 바람에 휘날려 흩어져 갔다.

진양은 점점 짧아지는 주윤문의 머리카락을 보며 마음이 몹시 아팠다.

그 주위를 둘러서 지켜보는 사람들 모두 가슴이 아파 저마다 눈시울을 붉혔다.

주윤문 역시 긴 머리카락이 잘려 나갈 때마다 그만큼의 마음이 눈물이 되어 흘러내렸다.

잠시 후 주윤문의 머리에는 한 가닥의 머리카락도 남지 않았다. 거기에 승복까지 차려입고 있으니 누가 봐도 젊은 승려의 모습이었다.

주윤문이 멋쩍게 웃으며 머리를 쓰다듬었다.

"허허, 머리카락이 없으니 여름밤도 쌀쌀하게 느껴지는구려."

그 말 한마디에 진양은 지금껏 꾹 눌러 참았던 감정이 폭발하고 말았다.

"폐하!"

진양이 무릎을 꿇고 머리를 조아리며 굵은 눈물을 뚝뚝 흘렸다.

"폐하!"

번웅과 사상이괴, 그리고 가신풍이 모두 무릎 꿇고 절을 올리며 대성통곡을 했다.

주윤문 역시 눈물을 흘렸다.

하지만 그의 표정만큼은 환한 미소로 채워져 있었다.

"이제 나는 그대들의 황제가 아니다. 앞으로 나를 그리 부르지 말라. 이건 내 마지막 명령이니라."

그 목소리에 일행은 더욱 흐느껴 울었다.

산을 내려온 주윤문은 걸음을 멈추고 진양 일행을 돌아보았다.

"이제 나는 번웅과 함께 길을 떠나겠소. 양 장문, 참으로 고마웠소. 오랜만에 만나 이런 꼴을 보인데다가 또 헤어져야 하니 아쉽기만 하구려."

진양 역시 아쉬운 마음은 태산 같았지만, 차마 붙들 수가 없었다.

만약 황제가 자신과 계속 함께 있게 되면 오히려 더 위험할 수도 있었다.

그렇다고 대별산으로 모실 수도 없었다.

연왕이 가장 먼저 의심하며 찾아볼 곳이 바로 대별산이기 때문이다.

"번웅을 통해 종종 소식을 전하도록 하리다."

진양은 눈물을 흘리며 작별 인사를 했다.

"부디 옥체 보존하시옵소서."

"허허, 또 그런 말을."

진양과 사상이괴, 그리고 가신풍은 그 자리에서 큰절을 올렸다.

그리고 진양은 번웅에게 다가가 부탁했다.

"폐하를 잘 보필해 주시오."

"염려 마십시오. 여러모로 감사했소."

"마땅한 도리를 했을 뿐이오. 혹시 신필문의 도움이 필요하거든 언제든 연락 주시오."

"물론이오."

두 사람은 서로 포권을 취하며 작별 인사를 나누었다.

이제는 헤어져야만 했다.

번웅과 주윤문은 길을 따라 걸어갔다.

진양 일행은 그 자리에 멈춰 서서 그 두 사람의 모습이 보이지 않을 때까지 눈길로 배웅했다.

第五章
의문의 죽음

神筆天下 신필천하

남경에 입성한 연왕 주체는 제일 먼저 사라진 황제를 찾는
데 주력했다. 이미 태감들이 건문제와 후비들은 모두 분신자
살을 했다고 증언했지만, 형체도 알아보기 힘들 정도로 새까
맣게 타버린 시체만 가지고는 황제가 죽었다는 것을 확신하
기가 힘들었다.

때문에 그는 천의교 등 사람들을 다수 파견해서 혹시 주윤
문이 도주하지는 않았는지 확실히 알아보도록 지시를 내렸
다.

그즈음 황제의 측근 장군이 진양에게도 찾아왔다. 그는 병

사들 몇몇의 진술을 토대로 연왕이 입성하던 날, 진양이 황궁에 잠입했다는 것을 알고 있어 이를 추궁하려 함이었다.

이때쯤 진양은 무림맹을 설립하고, 맹의 총단인 구화산(九華山)에 거처하고 있었다.

한데 장군이 마당으로 들어서자마 구슬피 우는 곡소리가 들리는 것이 아닌가.

그가 고개를 갸웃거리고는 들어가 보니 하얀 상복을 차려입은 진양이 대청 앞에서 목 놓아 울고 있는 것이었다. 장군이 어찌 그리 구슬피 우느냐 물으니, 진양은 황제의 죽음을 막지 못했으니 한때 은혜를 입은 자로서 자괴감에 빠져 그러노라 대답했다.

상황이 이리되니 장군은 진양에게 더 따져 묻기도 애매해졌다.

하지만 끝내 그날의 일을 물어보니 진양은 황궁에 잠입한 사실은 인정했지만, 이미 자신이 도착했을 때는 황제가 분신자살을 한 후였다고 대답했다.

사실 주윤문이 승려가 되어 길을 떠났다는 것을 아는 사람은 진양과 사상이괴, 그리고 가신풍만이 아는 사실이었다. 진양은 그 외의 모든 사람들에게 비밀로 했고, 다른 이들 역시 그러했다.

단 한 명, 유설만이 진실을 제대로 알고 있었다.

사정이 이러니 장군 역시 더 이상 의심할 수가 없었다. 그렇다고 막연한 심증만을 가지고 진양을 압송하기에는 무림맹주라는 신분이 걸렸다.

결국 장군은 주윤문의 행방에 대해서는 아무런 소득도 얻지 못한 채 발길을 돌려야 했다.

한편 무림맹은 천의교의 움직임에 예의주시했다.

예상대로 황궁의 권력을 등에 업은 천의교는 점점 그 규모가 비대해지면서 세력을 빠르게 넓혀 나갔다.

순식간에 세력이 커진 천의교는 이미 강호 곳곳에 분타까지 만들어두었다.

하지만 무림맹의 입장에서도 이렇다 할 조치를 취할 수가 없었다.

아직까지 그들이 강호의 도리를 어긴 것도 아니요, 악한 짓을 일삼아 무림인의 공분을 산 것도 아니었다.

단지 자신들의 세력을 착실히 넓혀 나가고 있을 뿐이니, 아무리 무림맹이라도 이유없이 그들을 척살할 수는 없는 노릇이었다.

결국 무림맹은 회의를 소집했고, 그 과정에서도 의견은 계속 엇갈렸다.

"도대체 뭘 기다리는 겁니까? 이대로 천의교가 강호를 온통 장악하도록 내버려 둘 셈입니까?"

위사령이 벌떡 일어나며 큰 소리로 외치자, 화산에서 온 원세형이 떨떠름한 표정으로 대꾸했다.

"하나 천의교가 무림인의 공분을 살 만한 행위를 하진 않잖소?"

"그렇다고 그냥 두고만 볼 것이오? 이대로 가다간 천의교가 강호에서 가장 큰 문파로 성장하고 말 것이오. 그리되면 천의교도 본색을 드러내겠지. 하지만 그때 가서 막을 생각을 한다면 너무 늦고 말 것이오!"

"그럼 자네는 대체 어찌하면 좋다고 생각하는 것인가?"

척금송이 냉랭한 표정으로 쏘아붙이듯 물었다.

위사령은 더 생각할 것도 없다는 듯이 말했다.

"그들이 음모를 드러내지 않고 있다면, 우리가 먼저 움직여서 그들을 제거하는 것이 좋을 겁니다. 무림맹에서 암살대를 선별해 위교사왕, 아니, 위교삼왕을 제거한다면 복잡한 문제는 자연히 해결될 것이 아니겠소이까?"

"홍! 그게 그리 간단히 해결될 것 같은가? 위교삼왕은 그리 만만한 자들이 아닐세. 그들의 무공 실력은 당대에 맞설 자가 몇 없을 정도지. 한데 암살대가 과연 한 명도 아닌 세 명을 깨끗하게 처리할 수 있다고?"

"끄음. 그렇다고 손 놓고 있을 것입니까?"

"하지만 암살대를 보내는 건 더더욱 안 되는 일일세! 만약 실패라도 하면? 그럼 그 뒷일은 누가 책임질 텐가? 무림맹이 크다고는 하지만 세상의 모든 무인들이 맹에 가입된 것은 아닐세! 한데 단지 세력이 커지는 천의교가 두려워 무림맹이 비겁하게 암살대를 보내 일을 저지르려고 했다는 게 세상에 알려지기라도 하면? 그땐 무림맹이 오히려 중원인들의 공분을 얻게 되겠지!"

"제기랄! 그럼 어쩌자는 거요?"

그때 혜방 선사가 나서며 자중시켰다.

"모두들 마음을 가라앉히고 차분히 생각해 봅시다. 만약 이대로 천의교가 아무런 음모도 꾸미지 않고 단지 세력을 확장할 뿐이라면 그도 좋은 일이겠지요. 하지만 지금까지 천의교의 소행으로 보자면 그럴 가능성이 별로 없을 것입니다. 하니, 지금 무림맹이 할 일은 그들의 행동을 예의주시하고 정보를 최대한 얻어내는 것이 아니겠습니까? 조급한 마음이 들더라도 좀 더 참고 기다려 봅시다. 만약 어떤 확증이 발견되기라도 한다면 그때 본격적으로 나서도 늦지 않을 것입니다. 부맹주께서는 새로 접한 소식이 없는지요?"

그가 고개를 돌려 추방산을 보며 물었다.

정보력이 막강한 추방산은 무림맹의 부맹주였다.

하지만 추방산 역시 어두운 표정으로 고개를 설레설레 저었다.

"놈들이 어찌나 조심스럽게 행동하는지 이렇다 할 건더기가 없더이다."

풍천익이 한숨을 내쉬었다.

"문제긴 문제구려. 천의교의 세력이 확실히 너무 커졌소. 추 방주는 최대한 빨리 천의교의 음모를 알아낼 만한 정보를 얻어야 할 것이오. 그게 아니라면 본 맹이 그들을 칠 만한 명분이라도 만들어야 할 거외다."

사파의 지존이라고 볼 수 있는 풍천익의 말에 추방산은 그저 고개를 끄덕일 뿐이었다.

"알겠소이다. 노력해 보겠소."

결국 무림맹의 회의에서도 이렇다 할 방침은 나오지 않았다.

그렇게 안타까운 시간이 흘러가는데, 드디어 일이 터지고 말았다.

그 일은 뜻밖에도 연왕으로부터 시작됐다.

황제의 자리에 오르려는 연왕은 방효유를 끝까지 설득하고자 했다.

어느 날 주체가 방효유를 불러 조서를 작성하도록 지시했다. 이는 주체가 황제가 되는 데 정당성을 부여하기 위함이었다.

한데 방효유는 붓을 집어 던지며 대성통곡했다.

"차라리 죽으면 죽었지 이런 조서는 절대 쓸 수 없소!"

이에 격분한 주체가 성을 내며 말했다.

"너 하나 죽는 것이 아니라, 구족을 멸한다고 해도 상관없겠느냐?"

"구족이 아니라 십 족을 멸해도 이딴 글은 쓸 수 없소이다!"

주체는 일찍이 진양을 만난 이후로 자신의 뜻을 따르지 않는 학사들을 냉정하게 대해왔다. 비록 그날 진양은 죽일 수 없었지만, 그 이후로 만난 선비나 학자들을 대할 때는 가차가 없었다.

한데 방효유가 이처럼 자신의 뜻을 따르지 않으니 주체는 노발대발해서 소리쳤다.

"저놈의 입을 찢어버려라!"

결국 방효유는 입이 귀밑까지 찢어진 채 옥에 갇히고 말았다.

그 후 주체는 방효유의 구족을 멸하고 그의 제자와 지인들까지 모조리 죽여 없앴다.

이때 천의교의 위교삼왕이 일부 병사들을 이끌었다.

뿐만 아니라 그 이후 경청이라는 자는 주체에게 충성하는 척했다가 품에 비수를 품은 것이 들키면서 사지가 찢어져 죽고, 고향 마을까지 하루아침에 잿더미로 변해 버렸다.

역시 위교삼왕은 이때도 빠지지 않았다.

폭력은 불길과 같은 속성이 있다.

시작은 소소하더라도 그 폭력의 광분에 한번 휩싸이게 되면 어떻게 번져 나갈지 알 수가 없는 법이다.

황궁의 권세를 등에 업은 천의교가 이러한 역할을 맡다 보니 그 과정에서 오만해진 신도들이 관련없는 선량한 백성들마저 함부로 학살하는 경우가 생긴 것이다.

그렇잖아도 무림맹은 천의교를 칠 만한 명분에 굶주려 있던 차였다.

한데 이런 일이 발생했으니, 이보다 좋은 명분이 어디에 있겠는가?

이때쯤엔 이미 무림인들 사이에서 천의교를 욕하는 사람들도 상당수였다.

명분이 생기자마자 무림맹은 본격적인 행동에 나섰다.

그들은 제일 먼저 갈지첨이 파견되어 있는 강서 지역의 남창(南昌)으로 향했다.

갈지첨은 주윤문의 행방을 알아보기 위해 그 일대를 수색하고 있었는데, 그의 괄괄한 성격 탓인지 남창에 있는 천의교 분타는 특히 무림인이나 일반인들에 대한 행포가 심했던 것이다.

진양과 추방산은 직접 남창으로 향했는데, 천의교를 상대하기 위해 꾸려진 특별 타격대인 질풍대(疾風隊)를 대동했다.

그들은 남창에 위치한 개방 분타에서 머물렀다.

개방의 분타이기는 하지만 특수한 임무가 있을 시에는 무림맹의 거점으로 삼을 수 있도록 되어 있었다.

진양은 분타에 머무는 동안 무림맹의 질풍대주 자리를 맡고 있는 가신풍을 시켜 천의교 분타의 동태를 알아보도록 지시했다.

그리고 대략의 정보를 입수한 진양은 다음날 자정, 천의교 남창 분타를 치기로 결정했다.

하루만 지나면 이제 천의교와 무림맹 간의 전쟁이 시작될 순간인 것이다.

그날 저녁 척금송과 공동파(空同派)의 장문인인 용소파(龍김播)가 찾아왔다. 만약을 대비해서 부맹주인 추방산이 이 두 사람을 불러들였다는 것이다.

진양 역시 아군은 많을수록 좋다고 생각해서 두 사람에게 감사를 표했다.

한데 그날 밤 마당을 거닐고 있던 진양은 어둠 속에서 날아든 화살 한 대를 재빨리 낚아챘다.

화살이 날아든 속도나 위력으로 보아서는 진양의 목숨을 위협하는 것은 아닌 듯했다.

진양이 화살대를 가만히 살펴보니 맨 끝에 가느다란 금이 그어져 있었다. 진양이 그 화살대 끝을 잡고 당기자, 아주 작은 공간에 꼬깃꼬깃 집어넣은 종이가 나타났다.

그 안에 깨알처럼 작은 글씨가 적혀 있었는데, 일반인이라면 그 글씨를 읽기도 힘들 정도였다.

진양은 주위를 한 번 두리번거리고는 그 종이에 적힌 글씨를 읽어보았다.

내용인즉슨, 남창 외각 지역의 남서쪽에 위치한 사당으로 오늘 밤 자정까지 와달라는 것이었다.

'이상하군. 누가 보낸 것일까?'

진양은 깨알처럼 작은 글씨를 찬찬히 살피며, 혹시 아는 사람의 글씨체는 아닌지 기억을 더듬어보았다.

하지만 아무리 생각해 보아도 누가 쓴 것인지 알 수가 없었다.

결국 진양은 호기심을 안은 채 자정이 되어갈 무렵 숙소에서 나섰다.

글씨체로 보아서는 굉장히 신중하면서도 급박한 용무가 있는 듯 보였다. 또한 적의는 없어 보였기에 굳이 다른 사람을 대동하지도 않았다.

시내 외각 지역으로 나간 진양은 곧 야트막한 언덕 위에 차려진 허름한 사당 하나를 발견할 수 있었다.

"계시오?"

사당 밖에 멈춰 선 진양이 안을 향해 소리쳐 물었다.

하지만 사당 안에서는 아무런 대답도 들려오지 않았다.

가만히 서 있던 진양은 왠지 한밤중에 사당 밖에서 이렇게 부르는 것도 이상하겠다 싶어 천천히 다가가 문을 밀어보았다.

낡을 대로 낡은 문짝이 삐걱거리는 소리를 내며 힘없이 열렸다.

한데 사당 안에서는 아무런 인기척도 느껴지지 않았다.

사당은 오래되고 낡았지만, 공간은 제법 넓은 편이어서 만약 누군가 기척을 죽이고 숨어 있는 것이라면 눈치채지 못할 가능성도 있었다.

진양은 다시 주위를 두리번거리며 소리쳐 불렀다.

"활을 쏘신 분은 여기 안 계시오?"

그러나 역시 주위는 고요하기만 했다.

진양은 아직 상대가 도착하지 않았을지도 모르겠다는 생각에 자리에 털썩 앉은 채 가만히 기다렸다.

그렇게 얼마나 시간이 흘렀을까.

정좌를 한 채 앉아 있던 진양은 천천히 눈을 떴다.

'누군가 오는군!'

멀찍한 곳에서 다가오는 기척을 느낀 것이다.

한데 그 속도가 빠르면서도 호흡은 굉장히 불안정했다.

그 순간 진양은 자리에서 벌떡 일어났다.

'다쳤군!'

그와 동시에 사당 문이 벌컥 열리며 낯선 그림자가 불쑥 들어왔다.

그는 진양을 보자마자 그대로 바닥에 털썩 쓰러지고 말았다.

진양이 반사적으로 손을 뻗어 그를 껴안으며 부축했다.

순간 사내의 몸에서 역한 냄새가 훅 올라와 진양의 코를 찔렀다. 뒤이어 피비린내까지 더해지니 숨을 쉬기가 힘들 정도였다.

"정신 차리시오!"

진양이 상대를 잡고 바닥에 바로 눕히려고 했다.

한데 그는 누우려고 하지 않고 진양의 소맷자락을 꽉 움켜잡았다.

쓰러지면서 잠깐 잃었던 의식이 돌아온 모양이었다.

그가 부들부들 떨며 온 힘을 쥐어짜듯 말했다.

"내, 내가… 죽였……. 그리고 방, 방주……!"

사내는 더 이상 말을 잇지 못하고 고개를 떨어뜨리고 말았다.

진양이 흠칫 떨고는 그의 몸을 흔들었다.

"이보시오!"

진양은 얼른 맥을 짚어보았지만, 사내는 이미 숨을 거둔 직후였다.

진양은 갑자기 일어난 상황 때문에 가슴이 몹시 두근거렸다.

'도대체 이게 어찌 된 영문인가?'

진양은 마음을 가라앉히고 우선 상대를 찬찬히 살펴보았다.

스며드는 달빛에 비춰 보니, 죽은 자의 행색이 몹시 초라하고 제대로 씻지도 않은 듯했다.

진양은 그가 다름 아닌 개방의 제자라는 것을 바로 알아볼 수 있었다.

'도대체 누구에게 당한 것일까? 이 사람이 내게 활을 쏜 자가 맞을까? 무엇을 내게 전하려고 하다가 숨진 것일까? 온통 의문투성이구나.'

진양은 혹시나 해서 그의 몸을 뒤져 보았지만 아무런 단서도 찾을 수가 없었다.

가슴에 난 검상 역시 특이점을 발견할 수가 없었기에 어떤 자에게 당했는지 파악하기가 힘들었다.

다만 이자의 무공은 상당히 높았을 것으로 추정됐다. 태양혈이 툭 불거져 나온 것을 보면 내공 역시 고강했으리라.

한데 이런 자를 단 일검에 죽일 수 있다는 것은, 상대 역시 무척 강한 자이리라. 정당한 대결이었든 암살이든 이만한 무인을 일수에 죽이는 것은 쉬운 일이 아니었다.

진양이 어찌할 바를 모르고 막연히 한숨을 쉬고 있는데, 마침 문밖에서 기척이 느껴졌다.

'아차! 이자의 죽음으로 정신을 빼놓고 있었구나. 누군가 다가온 것도 모르다니!'

진양은 얼른 옆에 떨어진 수호필을 쥐고 번개처럼 몸을 날렸다.

진양이 수호필을 대각선으로 휘두르며 사당의 문짝을 잘라내 버렸다.

"누구냐!"

졸지에 사당 문이 절반으로 동강나며 부서져 나갔다.

"이크!"

문 뒤에 있던 사내가 황급히 물러나며 비명을 터뜨렸다.

진양은 상대를 확인할 겨를도 없이 빠르게 몰아붙여 나갔다.

상대는 진양이 정신없이 수호필을 휘둘러 오자, 본능적으로 피하다가 무기를 들어 막았다.

까앙!

청명한 소리가 울렸다.

두 사람은 무기를 맞댄 채 눈살을 찌푸렸다.

"맹, 맹주?"

상대의 부름에 진양은 깜짝 놀라 다시 그를 보았다.

어스름한 달빛에 비친 그는 다름 아닌 개방의 방주 추방산이 아닌가?

"추 방주님?"

그제야 추방산이 얼른 타구봉을 거둬들이고는 뒤로 물러났다.

"맹주께서 여기에 무슨 일로……?"

진양도 뒤늦게 수호필을 거두어들이며 포권했다.

"실례를 저질렀습니다."

"아, 나야말로 경솔했소. 한데 여긴……."

"아, 실은……."

진양이 막 입을 열려는데, 마침 세찬 바람이 불어와 잘려 나간 문짝이 삐그덕 소리를 내며 흔들렸다.

추방산의 눈길이 자연히 그곳으로 향하는데, 시체 한 구가 달빛을 받은 채 쓰러져 있는 것이 아닌가.

"음? 누구……."

놀란 추방산이 휘적휘적 걸어가다가 문 앞에서 돌처럼 굳어버렸다.

"아, 아니……!"

"개방의 제자입니까?"

진양의 물음에 추방산이 고개를 끄덕였다.

"그, 그렇소. 도대체 왜… 맹 장로! 맹 장로!"

추방산이 얼른 달려들어 가 죽은 자를 끌어안고 소리쳤다.

하지만 이미 죽은 자가 대답할 리는 없었다.

추방산이 눈물까지 흘리며 오열했다.

"맹 장로! 뭐라고 말이라도 좀 해보시오! 도대체 어쩌다가 이 모양이 된 것이오? 맹 장로!"

진양은 그 모습에 마음이 착잡하여 아무런 말도 꺼내지 못했다.

추방산이 소매로 눈가를 훔치며 일어나 물었다.

"맹주, 도대체 이게 어찌 된 일이오?"

"저도 모르겠습니다. 사실 오늘 후원을 거닐고 있는데, 화살 한 대가 날아들었지요. 그 화살대 안에 서신이 적혀 있어서 와보았습니다만… 이분은 누구인지요?"

"맹지덕 장로요. 한 번쯤 들어보았을 것이오."

"아……."

진양이 고개를 끄덕였다.

맹지덕이라면 개방 내에서 추방산과 대립을 이루는 장로가 아닌가?

추방산이 진양의 생각을 의식했는지 이어서 말했다.

"비록 맹 장로는 나와 뜻이 맞지 않는 부분도 있었으나, 만인이 인정한 영웅호협이었소. 한데 이렇게 죽어버리다니……."

"한데 방주님께서는 어떻게 여기에……."

"나 역시 맹 장로의 은밀한 부름을 받았소. 이곳에서 할 이야기가 있다 하여 와본 것인데, 그가 맹주까지 부른 줄은 몰랐구려."

진양은 씁쓸한 표정으로 맹지덕의 시체를 내려다보았다.

"누가 이런 짓을 저질렀을까요?"

추방산이 고개를 저었다.

"모르겠소. 도대체 알 수가 없구려. 맹주께서 만났을 때, 이미 죽어 있었던 것이오?"

"아닙니다. 하지만 죽어가고 있었지요."

"도대체 어떻게 이런 일이… 그는 개방의 제자이지만 봉법보다도 특히 검법이 뛰어난 자였소. 한데 이처럼 검에 당해 죽을 줄이야. 아, 혹시 그가 무슨 말을 하진 않았소?"

"흐음… 아주 짧게 몇 마디 말을 했습니다."

"뭐라고 했소?"

" '내가… 죽였… 그리고 방주…….' 라고 말했습니다. 혹시 짚이는 바가 있는지요?"

추방산은 턱을 괴고는 이맛살을 한껏 구겼다.

그는 연방 한숨을 내쉬다가 어렵게 입을 열었다.

"도대체 무슨 말인지 알 수가 없군. 한데… 설마… 에이, 아닐 것이외다. 그럴 리가……."

추방산이 고개를 설레설레 저었다.

진양은 궁금증이 일어 물었다.

"왜 그러시는지요? 짚이는 바가 있습니까?"

"사실… 한 가지 의구심이 드는 것은 있소만, 아니, 아닐 것이오."

"어떤 이야기인지 한 번 들어보고 싶군요."

"흐음. 그럼 이 노부의 지나친 망상이라 여기고 듣기만 하시오. 나 역시 그럴 리는 없다고 생각하오만……."

"알겠습니다. 부담 갖지 마시고 편히 말씀하십시오."

"우리 개방의 전대 방주님이 사고로 돌아가신 것은 알고 있겠지요?"

"그렇습니다. 배를 타고 건너다가 물에 빠져 숨진 것으로 알고 있습니다."

"그렇소. 한데 그 사고가 사실 여러모로 의문이 많다오. 우리끼리는 쉬쉬하고 있소만, 석연찮은 부분이 많소."

"어떤 부분인지요?"

"방주님은 자맥질하는 솜씨가 아주 좋소. 그런 방주님이 물에 빠져 숨지는 것 자체가 불가능에 가깝지 않겠소?"

"하나 제가 듣기로는 그날 방주님은 술을 많이 드셔서 취기가 있었다고……."

"물론 그렇소이다. 하지만 우리 방주님은 어지간해서는 술에 취하시지 않소. 또 여차하면 내기를 운용해 취기를 방출하면 그만이 아니겠소?"

"그럼… 전대 방주님이 살해당했다는 말씀인지요?"

"사실 그럴 리가 없다고 생각하지만, 우리는 그 가능성도 어느 정도 있다고 보았소이다."

"한데 그것이 맹 장로님과 무슨……."

진양은 이야기를 내뱉다가 입을 딱 벌렸다.

추방산이 시체를 내려다보며 중얼거렸다.

"그렇소. 나는 맹 장로가 한 말이 마음에 걸리는 것이오. '내가 죽였소. 방주를…….' 이라는 말을 하고 싶었던 것이 아닐까 생각하는 것이라오."

진양은 약간의 충격을 받았지만 곧 냉정하게 돌이켜 보았다.

진양이 고개를 갸웃거리며 말했다.

"하지만 그렇게 생각하기에도 이상한 점이 많군요."

"어떤 것이 말이오?"

"만약 그것이 사실이라고 하더라도 누가 맹 장로님을 공격한 것일까요? 그리고 본인이 전대 방주를 죽였다는 사실을 굳이 제게 이야기할 필요가 있을까요? 저는 개방의 제자도 아닌데요."

"그것도 그렇구려. 사실 나도 맹 장로가 그랬을 거라고는 생각하지 않소. 다만 마지막 남긴 몇 마디 말이 마음에 걸렸을 뿐이지. 흐음. 도대체 이게 어찌 된 영문인지⋯⋯."

추방산은 다시 길게 한숨을 내쉬었다.

결국 두 사람은 어떠한 단서도 얻지 못한 채 사당을 나서야만 했다.

그들은 맹지덕의 시체를 땅에 묻어준 후, 다시 남창의 분타로 돌아왔다.

다음날 아침 예상 밖의 일이 터졌다.

천의교의 남창 분타가 하룻밤 사이에 사라진 것이다. 추방산이 개방의 제자들을 풀어 조사한 바에 의하면, 천의교에서 무림맹의 움직임을 포착하고 미리 거처를 옮겼다는 것이었다.

이에 추방산은 아침부터 팔방으로 조사를 하러 다녔고, 저녁쯤이 되어서야 천의교가 어디로 이동했는지 찾아낼 수 있었다.

천의교는 남창의 북서쪽에 위치한 야산의 골짜기로 들어갔는데, 바로 흑석곡(黑石谷)이라는 곳이었다.

"흑석곡은 지형이 험해서 질풍대가 단번에 치기 힘든 것이 문제요. 오히려 암살대를 투입하는 게 낫다면 나을 테지."

추방산의 말에 진양은 곰곰이 생각에 잠겼다.

"도대체 그들이 어떻게 이쪽 움직임을 알아냈을까요?"

"천의교가 생각보다 용의주도한 것 같소. 뿐만 아니라 세력도 많이 확장돼서 어지간한 정보는 빠르게 입수되는 듯하구려. 어찌시겠소, 맹주?"

한참 동안 생각에 잠겨 있던 진양이 입을 열었다.

"저는 오늘 치는 것이 좋을 듯합니다. 시간을 더 끌어서 좋을 것은 없을 듯싶습니다."

"사실 나도 그리 생각했소. 맹주께서 결단을 내리셨다니 그대로 진행하겠소이다. 질풍대가 제대로 싸우기에는 힘든 지형이지만, 척 장로와 용 장문께서 같이 가니 승산은 클 것이오."

결국 진양은 그날 밤 질풍대가 만약을 대비해 뒤를 받치도록 하고, 추방산, 척금송, 그리고 용소파가 주축이 되어 흑석곡에 잠입하기로 했다.

비가 쏟아져 내렸다.

진양은 질풍대를 이끌고 흑석곡으로 향했다. 물론 거기에는 추방산과 척금송, 용소파도 가세했다.

빗줄기는 밤이 깊어질수록 심해졌다.

오히려 이런 날은 잠입하기에는 더 좋은 날이었다.

흑석곡이 다 와갈 때쯤이었다.

쒜에엑!

어둠을 가르며 화살 한 대가 빠르게 날아들었다.

화살이 노리는 자는 바로 진양이었다.

진양은 재빨리 몸을 뒤틀어 화살을 피했다.

공력을 머금은 화살이 그대로 진양의 목을 스치며 날아가 나무 기둥에 박혔다.

어찌나 빠르게 날아들었는지 나무 기둥에 박힌 화살은 한참이나 부르르 떨었다.

"이런! 발각된 건가?"

척금송이 무릎을 탁 치며 탄식했다.

만약 잠입을 할 수 없는 상황이라면 이번 싸움은 무림맹에게 몹시 불리할 수밖에 없었다.

"제가 가보겠습니다!"

진양은 다른 사람들이 뭐라고 하기도 전에 몸을 날렸다.

그 뒤에 대고 추방산이 나직이 소리쳤다.

"우리는 먼저 흑석곡으로 가보겠소!"

"그러십시오."

추방산 일행도 움직임을 서두르기 시작했다.

진양은 화살이 날아온 방향으로 빠르게 달렸다. 다행히 무인은 흑석곡이 아닌 반대 방향으로 달아나고 있었다.

'이상하군. 왜 흑석곡으로 가지 않는 거지?'

비가 오는데다 지형이 익숙하지 않은 진양은 시간이 지날수록 상대와 거리가 벌어지기 시작했다.

결국 나중에는 화살을 쏜 무인의 그림자는 보이지도 않게 됐다.

진양이 돌아보니 대략 십 리는 달려온 것 같았다. 계속해서 쫓아가다가는 흑석곡에서 더욱 멀어질 수밖에 없었다.

진양은 상대를 쫓기를 포기하고 걸음을 돌렸다.

그가 흑석곡 근처에 다다르자 기다리고 있던 질풍대원이 다가와 말했다.

"부맹주님께서는 먼저 흑석곡으로 가셨습니다."

"가지."

진양이 흑석곡이 내려다보이는 언덕 위에 다다르자 마침 가신풍이 맞이했다.

"오셨습니까? 놈은 어찌 됐는지요?"

"놓쳤소. 그보다 부맹주님과 다른 분들은?"

"흑석곡으로 들어가셨습니다."

"벌써 말이오?"

"예, 맹주님께서 도착하실 때까지 기다리면 늦을지도 모른다면서 세 분께서 먼저 들어가셨지요."

"얼마나 지났소?"

"지금 반 시진 정도 지났습니다. 신호가 나타나면 질풍대 전원을 투입하라고 지시하셨습니다."

"그렇군."

진양은 고개를 끄덕였다.

아마도 그 신호는 갈지첨이 죽었을 때 나타날 것이었다.

질풍대원은 숲 속 곳곳에 몸을 웅크린 채 은신하고 있었는데, 검은 바위틈마다 꾸물거리는 그들의 모습은 흡사 거미 떼처럼 보이기도 했다.

얼마나 시간이 더 지났을까?

삐익—

매의 울음소리와 함께 노란색 폭죽 하나가 쏟아지는 비를 뚫으며 허공으로 솟았다.

그 순간 질풍대원들이 저마다 몸을 일으키며 흑석곡을 향해 달려내려 갔다.

그 모습이 마치 검은 바닷물이 골짜기로 마구 쏟아져 내리는 듯한 광경이었다.

진양도 그들 틈에 섞여 흑석곡으로 내려갔다.

노란색 신호탄은 갈지첨을 죽이는 데 완전히 성공하지 못했다는 뜻이었다.

갈지첨을 죽인 후에는 녹색 신호탄이 솟아올랐어야 했다.

역시 흑석곡 안으로 들어서자, 천의교 신도들이 횃불을 들고 어지럽게 움직이며 질풍대와 맞서 싸우기 시작했다.

진양은 재빨리 수호필을 휘둘러 앞을 가로막은 신도를 베어냈다.

상황이 급박한 만큼 동정심을 베풀 여유는 없었다.

"죽어라!"

신도 두 명이 진양을 향해 검을 휘두르며 달려들었다.

진양은 단숨에 두 사람의 팔을 베어냈다.

"크아악!"

한 명은 비명을 지르며 그대로 쓰러져 나뒹굴었고, 다른 한 명은 남은 팔을 휘두르며 끝까지 달려들었다. 결국 그는 진양에게 목이 베이고 나서야 쓰러져 움직이지 않았다.

그렇게 한 명씩 물리치며 흑석곡 본당이 있는 곳으로 전진해 가는데, 다시 신호탄이 솟아올랐다.

삐이익!

이번에는 붉은색의 신호탄이었다.

붉은색 신호는 목숨이 경각에 달려 있을 때나 사용하는 것이었다.

그만큼 추방산 일행이 위험에 처했다는 뜻일 터.

"물러나라!"

진양이 사자후를 터뜨리며 수호필을 휘둘러 나아갔다.

몇몇은 그 자리에서 고막이 터져 나가 바닥에 주저앉았고, 공력이 심후한 자들은 끝까지 진양의 앞을 가로막았다.

하지만 진양의 뒤를 바로 받치고 있는 사람은 가신풍이었다.

그가 동으로 번쩍, 서로 번쩍 움직이니 천의교 신도들은 정신을 차리기가 힘들었다.

그 틈에 진양은 몸을 날려 지붕 위로 올라섰다. 그리고 신호탄이 솟아오른 곳을 향해 빠르게 내달렸다.

"놈을 잡아라!"

건물 아래에서 우렁찬 고함이 터지면서 몇몇 신도들이 지붕 위로 올라와 진양을 가로막았다.

하나 떼로 덤벼도 막을까 말까 한 진양을 겨우 두어 명의 신도들이 감당할 수 있겠는가?

그들 모두 진양의 수호필에 속절없이 튕겨 나가고 말았다.

그러는 사이 질풍대가 뒷심을 발휘해 점점 거세게 몰아쳤고, 천의교 신도들은 조금씩 곤경에 처하기 시작했다.

진양은 지붕을 타고 달리면서 생각보다 천의교 신도들이 많지 않다는 것을 알 수 있었다.

거의 모든 신도들이 흑석곡 입구에 몰려서 질풍대와 맞서 싸우고 있었고, 안으로 들어갈수록 사람은 구경도 하기 힘들 정도였다.

진양은 흑석곡 내에서 가장 안쪽의 커다란 건물 앞으로 내려섰다.

입구의 편액에는 '흑석당' 이라는 글자가 큼직하게 새겨져 있었다.

입구를 지키는 무인 두 명이 피를 토한 채 죽어 있었다.

분명 추방산 일행이 저지른 것이리라.

진양은 재빨리 문을 통해 달려 들어갔다.

"추 방주님, 어디에 계십니까?"

진양이 목청껏 소리쳤다.

때마침 후원에서 '펑!' 하는 소리가 터져 나왔다.

진양이 얼른 몸을 날렸다.

그가 막 모퉁이를 돌아서자, 마침 추방산이 두 무인의 목덜미를 양손에 하나씩 잡고 있었다.

무인들은 서로 부딪쳤는지 이마가 박살이 난 채 피투성이가 되어 있었다.

아마도 추방산이 이들의 목덜미를 쥐고 서로 부딪쳐 죽여 버린 듯했다.

"추 방주님!"

진양이 얼른 달려가는데, 추방산은 두 무인을 바닥에 던지

듯 놓고는 털썩 쓰러지고 말았다.

"추 방주님, 괜찮으십니까?"

이미 추방산은 복부에 깊은 검상이 새겨져 있었고, 피가 샘처럼 솟아나고 있었다.

추방산의 안색이 점점 나빠지고 있었다.

진양은 얼른 그의 혈을 짚어 지혈했다.

"갈지첨은 어찌 됐습니까?"

추방산이 가늘게 떨리는 손을 들어 올렸다.

그가 가리킨 곳에는 나무 한 그루가 자라나 있었는데, 바로 그 곁에 시체 한 구가 쓰러져 있었다. 시체의 복부는 움푹 들어가 있었다. 아마도 장력에 얻어맞은 모양이었다.

진양은 그 시체를 한 번에 알아볼 수 있었다.

바로 금곤삼왕 갈지첨이었던 것이다.

진양과는 오랫동안 악연을 쌓아왔던 그 금곤삼왕 갈지첨이 결국 죽어버린 것이다.

"해내셨군요. 한데 척 장로님과 용 장문님은 어디에 계시는지요?"

"그것이… 미안하오, 맹주."

말을 하던 추방산은 갑자기 눈물을 주룩 흘렸다.

진양은 가슴이 철렁해서 다그쳐 물었다.

"왜 그러십니까? 무슨 일이 있었는지요?"

"그들은… 죽었소."

"예?"

"갈지첨을 죽인 것은 사실 척 장로나 다름없었소. 그가 부맥장(腐脈掌)으로 갈지첨의 배에 일격을 가했지. 그것이 컸소."

"부맥장이라면……."

"혈맥, 근맥 등을 빠른 시간에 썩게 만드는 장법이라고 했소. 하지만 척 장로 역시 갈지첨에게 동시에 장력을 얻어맞아 즉사하고 말았소."

"아……!"

진양은 탄식을 흘리며 안타까운 마음을 금치 못했다.

"시신은 어디에 있습니까?"

"저 안에 있소."

추방산이 가리킨 곳은 건물 안이었는데 한쪽에 벽이 허물어져 있었다. 아마도 추방산 일행이 대청에서 싸우던 도중 벽이 부서진 모양이었다.

"고생이 많으셨습니다. 잠시 쉬고 계십시오."

"미안하오, 맹주. 내 목숨을 던져서라도 그들을 지켰어야 하는 것인데……."

"그런 말씀은 마십시오. 추 방주님께서도 이처럼 큰 부상을 입지 않으셨습니까? 먼저 몸을 다스리십시오."

진양은 추방산을 안전하게 눕히고는 무너진 벽 안으로 들어갔다.

추방산의 말대로 한쪽에 척금송의 시신이 쓰러져 있었고, 다른 한쪽에는 용소파의 시신이 있었다.

용소파는 머리가 깨지고 목이 부러져 있었는데, 갈지첨의 삼절곤에 얻어맞은 듯했다.

그리고 갈지첨이 생전에 애용하던 무기인 삼절곤 역시 대청 한쪽에 아무렇게나 나뒹굴고 있었다.

이것만 보더라도 얼마나 싸움이 치열했는지 짐작이 되고도 남았다.

뿐만 아니라 추방산은 삼절곤이 아닌 검상을 입은 것이 아니던가.

아마도 갈지첨은 최후의 최후까지 손에 잡히는 모든 무기를 이용해서 저항했으리라.

진양이 현장을 둘러보고 있는데, 마침 문이 열리며 가신풍이 들어왔다.

"맹주님, 여기 계셨군요."

"가 대주, 상황이 어떻소?"

"흑석곡의 천의교 신도들은 완전히 정리됐습니다. 다만 사로잡힌 신도들이 모두 자결을 하는 바람에……."

"흐음. 참으로 지독하군."

진양은 미간을 좁혔다.

한편 가신풍은 바닥에 쓰러진 시체가 다름 아닌 척금송과 용소파라는 사실을 알고는 몹시 놀라는 눈치였다.

"이, 이분들은……."

"이번 싸움에서 무림맹은 피해가 컸소. 이분들의 시신을 잘 보존해서 옮겨야겠소."

"알겠습니다, 맹주님."

가신풍이 깍듯이 대답하고는 물러났다.

진양은 풍비박산이 난 대청을 둘러보고는 한차례 장탄식을 흘렸다.

第六章
배신자

 남창에서의 싸움으로 천의교의 위교삼왕 중 갈지첨은 죽
었으나 무림맹의 피해도 이만저만이 아니었다.

 게다가 흑석곡에 남은 천의교 신도들이 생각보다 많지 않
았기에 결과적으로 보자면, 무림 고수를 두 명이나 잃은 무림
맹 쪽이 더 큰 피해를 입었다고 볼 수도 있었다.

 진양은 무림맹 총단에서 척금송과 용소파의 장례식을 성
대하게 치렀는데, 어찌나 많은 사람들이 찾아왔는지 하루 동
안 조문 행렬이 끊이지 않을 정도였다.

 두 영웅의 죽음이 알려지면서 강호인들은 더욱 천의교를

미워하게 됐다.

이때쯤 천의교는 황궁에서 독립적으로 떨어져 나와 남경에서 북쪽으로 한참 떨어진 운태산(雲台山)에 총단을 두고 있었다.

그들은 종종 황궁의 심부름꾼 역할을 해주었고, 그에 대한 대가로 막강한 자금을 지원받았다.

마교가 멸망한 이후 가장 큰 세력의 탄생인 것이다.

이에 무림인들은 너도나도 무림맹의 뜻에 마음을 모으기 시작했다.

강호는 순식간에 무림맹과 천의교 세력으로 양분됐다.

마치 과거의 정마대전을 연상케 할 정도였다.

하나 그때와 다른 점이 있다면 마교는 세외 지역에 총단이 있었던 반면, 천의교는 중원에 당당히 들어서 있다는 점이었고, 황궁의 자금 지원까지 받는다는 것이었다.

시간이 지날수록 전쟁은 더욱 치열해져 갔다.

황궁의 전쟁이 끝나고, 무림인의 전쟁이 시작된 것이다.

길을 가다가도 정사의 무인들이 천의교의 무인들과 만나기라도 하면 어김없이 피가 튀었다.

무림맹 역시 중원 곳곳에 퍼져 있는 천의교의 분타를 급습하며 공격했지만, 일진일퇴를 거듭하면서 쉽게 판도가 뒤집히지는 않았다.

천의교는 오래전부터 강호 평정을 준비해 왔기에 잡초처럼 끈질긴 생명력을 가지고 있었다.

진양은 시간이 흐를수록 사상자만 늘어나는 것이 안타깝기만 했다.

이대로 가다가는 끝없는 전쟁만이 지속될 것 같았다.

그는 고심 끝에 신필문에 남아 있던 전학수를 맹의 총단으로 불러들였다.

전학수는 성격이 꼼꼼하여 매사에 신중한 인물이었다. 뿐만 아니라 머리가 비상한 편이어서 지략을 세우는 데도 뛰어난 재능이 있었다. 거기에 권문세가와의 인맥도 넓은 편이어서 그가 도움을 준다면 이 난관을 어떻게든 벗어날 수 있을지도 몰랐다.

전학수가 총단에 도착하자, 진양이 반갑게 맞이했다.

"어서 오시오. 그간 잘 지내셨소?"

전학수도 반가운 마음에 활짝 웃으며 대답했다.

"문주님께서 계시지 않으니 마음이 적적했습니다. 이리 불러주시니 감사할 따름입니다. 사모님께서 문주님을 많이 그리워하십니다."

전학수를 비롯한 신필문의 무인들은 모두 유설을 '사모'라고 불렀다.

그들이 진양을 사부로 섬기지는 않았지만, 유설에게만큼

은 그 호칭을 고집했던 것이다.

진양은 부드럽게 웃어넘기고는 가신풍을 불렀다.

오랜만에 신필문의 사람들만 모아놓고 담소를 나누다 보니 마음이 편안해지는 듯했다.

이야기는 곧 천의교와의 싸움으로 이어졌다.

가신풍이 씁쓰레한 표정으로 말했다.

"천의교는 잡초와 같습니다. 아무리 짓밟고 뿌리째 뽑으려고 해도 어느 틈에 다시 자라나더군요."

진양도 고개를 끄덕이며 말했다.

"사실 내가 오늘 전 당주를 부른 것도 그 때문이라오. 천의교와 싸움이 길어지고 있는데도 좀처럼 결판이 나지 않소. 물론 하루아침에 끝날 문제는 아니겠지만, 나는 결코 이 싸움을 오래 끌고 싶지는 않소. 뭔가 방법이 없겠소?"

전학수가 가만히 생각에 잠겼다가 입을 열었다.

"흐음. 천의교가 그처럼 끈질긴 이유가 어디에 있다고 생각하십니까?"

"그야 물론 막강한 자금력이 아니겠소?"

"바로 그렇습니다. 그렇다면 그 자금줄을 끊는 것이 급선무이겠지요."

"하나 자금력은 황궁으로부터 나오는 것인데, 어찌 끊을 수가 있겠소? 황궁을 상대로 싸울 수는 없지 않소?"

"물론 황궁을 상대로 반목할 수는 없습니다. 하지만 황궁을 무림맹 쪽으로 끌어들이는 것은 또 다른 문제지요."

"황궁을 무림맹을 끌어들인다라……."

진양은 턱을 괴고 잠시 생각에 잠겼다.

사실 그 부분에 대해서 생각해 보지 않았던 것은 아니었다. 하나 진양은 주체와 다시 엮이는 것이 탐탁지 않았다. 주윤문을 쫓아내고 황위를 찬탈한 주체에게 막연한 적개심도 있었기 때문이다.

전학수가 말을 보탰다.

"사냥이 끝나면 사냥개는 삶아먹는 법입니다. 지금 연왕의 사냥은 이미 끝이 나지 않았습니까? 더구나 그동안 열심히 뛰던 사냥개가 여기저기 설치고 다니면서 문제를 일으키고 있으니 지금쯤 사냥꾼은 개를 삶아먹을 궁리를 하고 있을지도 모르지요."

"그럼 어떤 방법이 있겠소?"

"주체의 측근 중에 정화(鄭和)라는 환관이 있습니다. 이번에 정난지변에서 큰 공을 세운 인물이지요. 만약 그자를 은밀하게 만나 설득한다면 가능성이 있을지도 모르겠습니다."

"그자를 만날 방법이 있겠소?"

"제 지인에게 부탁을 한다면 만남을 한번 주선해 볼 수 있을 것 같습니다."

진양은 천천히 고개를 끄덕였다.

"좋소. 그럼 그를 한 번 만나보도록 합시다. 그리고 이번 일은 우리 셋만 아는 비밀로 합시다."

전학수가 고개를 갸웃거리며 물었다.

"그건 왜 그렇습니까?"

이에 가신풍이 알 만하다는 듯 피식 웃으며 대꾸했다.

"무림맹에서 회의를 한 번 하면 이 사람, 저 사람 말만 많지요. 논쟁 끝에 결국 탁상공론으로 끝이 나버리거든요."

전학수도 그제야 알 것 같다는 듯 고개를 끄덕였다.

특히 황궁과 손을 잡자는 계획에는 정파의 무인들이라면 반발이 거셀 수 있었다. 역사상 무림인이 황궁과 엮인 적은 거의 없기 때문이다.

어차피 의견만 분분해질 바에는 진양이 아무도 모르게 이번 일을 추진할 생각인 것이다.

전학수가 자리에서 일어났다.

"그럼 저는 곧장 남경으로 가보겠습니다. 일이 진행되면 바로 연락드리겠습니다."

"수고해 주시오."

"예. 그럼."

전학수는 그 길로 곧장 남경으로 향했다.

며칠 후 진양은 전학수의 연통을 받고 남경으로 갔다.

그는 남경 시내의 한 허름한 다루 이층으로 가서 차를 주문했다.

거리를 오가는 사람들을 하릴없이 내려다보며 기다리고 있는데, 마침 흑립을 푹 눌러쓴 사내가 진양에게 다가왔다.

"양 맹주요?"

다짜고짜 불쑥 묻는 질문에 진양이 일어서며 대답했다.

"그렇습니다만."

"따라오시오."

흑립의 사내는 몸을 돌리더니 무작정 걸어가기 시작했다.

진양은 얼른 그의 뒤를 따라갔다.

한참 이리저리 길을 헤집으며 걸어가던 흑립 사내는 남경 외각에 위치한 으리으리한 저택으로 들어섰다. 진양은 아무 말 없이 그의 뒤를 묵묵히 따라갈 뿐이었다.

저택 안으로 들어선 흑립 사내는 어느 대청 앞에 멈춰 섰다.

"들어가 보시오. 주인님께서 기다리고 계시오."

"고맙소."

진양은 포권을 취해 보인 다음 대청으로 들어섰다.

대청은 깔끔하게 정돈되어 있었는데, 창가의 탁자에 한 남자가 차를 마시고 있었다.

그는 체격이 우람하고 눈썹이 부리부리하며 이목구비가

뚜렷하게 생긴 미남이었다.

인기척을 느낀 그가 고개를 돌리더니 진양을 확인하고는 자리에서 일어났다.

"어서 오십시오."

그의 목소리가 대청에 쩌렁쩌렁 울렸다.

그가 바로 주체가 신임하는 환관인 정화였다.

진양은 평소 자신이 생각해 오던 환관과 너무나 상반된 모습에 잠시 놀라움을 감추지 못했다.

정화 역시 진양의 표정을 읽었는지 껄껄 웃었다.

"놀라셨소? 계집 목소리를 내며 몸을 사리는 녀석이 기다리고 있을 거라고 생각했나 보구려."

이에 정신을 차린 진양이 얼른 포권을 취하며 말했다.

"제가 실례를 저질렀습니다."

"하하. 아닙니다. 이리 앉으십시오. 그렇잖아도 양 맹주의 위명은 익히 들어 알고 있었소이다. 이렇게 만나게 되니 무척 반갑소."

진양은 아무리 보아도 이 사람이 정말 환관인지 의심스러울 정도였다.

그의 행동이나 말투가 거세당한 환관으로 보기에는 너무나 호방하고 대장부다웠기 때문이다. 뿐만 아니라 키가 크고 체격도 우람한 편이어서 환관이라기보다는 장군의 풍모가 느껴졌다.

'내가 얼마나 편견에 치우쳐 살아왔는지 다시 한 번 깨닫게 되는구나.'

진양은 자신의 안목과 생각을 나무라며 정식으로 인사를 건넸다.

정화 역시 예를 갖춰 인사를 받은 후, 두 사람은 형식적인 이야기를 주고받았다.

잠시 후 시종이 차를 가져오면서 이야기는 본론으로 들어갔다.

"내 듣기로 양 맹주께서 내게 하실 말씀이 있다고……."

"거두절미하고 말씀드리겠습니다. 황궁에서 천의교를 지원하고 있는 자금을 거두어주시길 부탁드리는 바입니다."

정화는 진양이 이처럼 단도직입적으로 말할 줄은 생각 못했는지 다소 놀란 표정이었다.

하나 그는 곧 부드러운 표정으로 되물었다.

"그 문제가 그리 간단한 것이 아니라는 것은 알고 있소?"

"물론입니다. 그래서 이렇게 부탁을 드리러 왔습니다."

"아니. 단지 부탁을 해서 들어줄 수 있는 그런 문제가 아니라는 말이외다."

진양은 눈을 가늘게 떴다가 말을 이었다.

"천의교는 현재 황궁의 세력을 믿고 고삐 풀린 망아지처럼 설쳐대고 있습니다. 이 때문에 백성들은 더욱 황궁에 대한 신뢰를 잃고 있지요. 지금 황궁의 입장에서는 그 어느 때보다도 백성의 신뢰가 필요한 시점이 아니겠습니까?"

"옳은 지적이오. 참으로 맞는 말이오. 하지만 황궁이 천의교를 지원하는 것은 일종의 사업과 마찬가지라고 볼 수 있소. 황궁이 천의교를 등지고 무림맹의 부탁을 듣게 된다면, 무림맹은 황궁에 어떤 것을 제공할 수 있겠소? 요는 바로 그 부분이오."

진양 역시 이런 식의 답변이 나올 것을 알고 있었기에 차분히 되물었다.

"어떤 것을 바라시는지요?"

"글쎄. 그럼 이것부터 이야기해 봅시다. 맹주의 말대로 천의교는 사실 황궁에서도 부담스러울 만큼 그 만행이 심하오. 그럼에도 황궁은 여전히 그들을 지원하고 있소. 그 이유가 무엇인지 아시오?"

"궁금하군요."

"결국 천의교가 무림맹을 꺾을 것이라고 판단하기 때문이오. 이 전쟁에서 천의교가 승리할 것이라고 여긴단 말이오."

진양이 놀라서 눈을 부릅떴다.

정화의 말투는 확신에 차 있었다.

'이자는 내가 모르는 무언가를 알고 있다. 그렇지 않고서야 어찌 이처럼 단언할 수 있단 말인가?'

"어째서 그렇게 생각하시는지요?"

정화가 싸늘하게 웃었다.

"양 맹주, 그것까지 말해줄 수는 없소. 다만 황궁의 판단은 그렇다는 것을 알아달라는 거요."

"그렇다면 만약 무림맹이 천의교를 이길 수 있다고 판단하면 자금 지원을 중단할 수 있겠습니까?"

"거기에도 한 가지 조건은 있겠지."

"어떤 것입니까?"

"후에 황궁이 필요할 때 한 번은 도움을 주어야 한다는 것이오. 이만하면 꽤나 공정한 거래가 아니겠소?"

"그렇군요."

"양 맹주, 하나만 명심하시오. 거래를 하기 위해서는 최소한 무림맹을 천의교와 비슷한 위치를 만들어놓고 오시오. 지금 무림맹은 내가 볼 때 바람 앞의 등불이오."

진양은 가만히 정화를 바라보다가 대답했다.

"명심하지요. 그럼 오늘은 이만 물러가겠습니다."

진양이 일어나서 포권을 취한 뒤 몸을 돌렸다.

그때 정화의 목소리가 진양의 등을 두드렸다.

"혹시 크고 단단한 바위를 부수는 방법을 아시오?"

"무슨 말씀이신지?"

진양이 돌아보자 정화는 차를 마시며 말을 이었다.

"우선 바위에 작은 구멍을 내서 틈을 만드는 것이오. 그리고 그 틈에 물을 부어넣고 얼리는 것이지. 그럼 바위의 빈틈으로 스며든 물은 얼음이 되면서 부피가 팽창하게 되고, 단단한 바위는 끝내 부서지고 마는 것이오."

진양은 잠시 서 있다가 걸음을 뗐다.

정화의 목소리가 다시 들렸다.

"살펴 가시오. 멀리 나가지 않겠소."

무림맹 총단으로 돌아온 진양은 머릿속이 여간 복잡한 것이 아니었다.

진양은 대청에 서성이며 계속해서 생각에 잠겼다.

'한 가지 분명한 것은 황궁도 현재의 천의교가 껄끄럽다는 것이다. 하지만 그들은 무림맹이 이번 싸움에서 패한다고 판단했다. 왜일까?'

진양은 문득 정화가 남긴 마지막 말이 떠올랐다.

'바위를 부수는 방법이라……. 혹 무림맹에 물이 스며들 만한 빈틈이 있단 말인가? 그 빈틈은 어디에 있단 말인가?'

그러다가 문득 진양은 얼마 전 남창에서 있었던 일이 떠올랐다.

당시 사당에서 만나기로 했던 맹지덕이 죽지 않았던가?

진양은 아무리 생각해도 그 일이 마음에 걸렸다.

해서 그는 가신풍을 불러 은밀히 맹지덕에 관한 일을 조사하도록 지시했다.

얼마 후 가신풍은 맹지덕을 따르던 개방의 제자들이 항산(恒山)에 모여 있다는 소식을 전했다.

진양은 그들을 만나면 맹지덕의 죽음에 대한 의문을 풀 수 있을지도 모르겠다는 생각에 총단을 나섰다.

쉬지 않고 항산까지 달려간 진양은 산언저리의 허름한 객점에서 밤을 보내기로 했다.

한데 그날 자정이 지날 때쯤이었다.

진양은 객점 밖으로 빠르게 지나가는 무리들의 발걸음 소리에 잠에서 깨어났다.

진양이 창가로 다가가서 보니 복면을 뒤집어쓴 한 무리의 무인들이 어디론가 급히 달려가고 있었다.

진양은 뭔가 수상쩍은 냄새가 나는 것을 느끼고 얼른 창틀을 밟고 몸을 날렸다.

한참 그들의 뒤를 밟으며 따라가는데, 그중 기척을 느낀 한 사람이 뒤를 홱 돌아보며 소리쳤다.

"우리 뒤를 따라오는 자는 누군가?"

진양은 그들 앞에 모습을 드러내고는 포권했다.

"양진양이라고 하오. 그대들은 뉘신지?"

진양을 확인한 무인들은 서로 눈빛을 교환하더니 저마다

품에 손을 집어넣고 무언가를 꺼냈다. 그들 손에 들린 것은 콩알만 한 환이었는데, 그것을 바닥을 던지자 '펑!' 하는 소리와 함께 자욱한 연기가 피어올랐다.

돌발적인 행동에 진양이 깜짝 놀라며 뒤로 물러났다.

그 순간 무인들이 일사불란하게 흩어지는 소리가 들렸다.

진양은 그들 중 한 명을 아무나 골라잡고 뒤쫓았다.

연기가 걷히고 나자 어둠 속으로 빠르게 내달리는 무인이 보였다.

진양이 공력을 끌어올리고 바짝 추격하자, 점차 거리가 좁혀지기 시작했다.

결국 도망치던 무인이 검을 뽑아 들며 진양에게 곧바로 달려들었다.

"죽어라!"

진양이 얼른 몸을 뒤틀어 피하며 수호필로 상대의 혈을 점해갔다.

상대 역시 얼른 몸을 비틀어 피했지만, 시간이 갈수록 진양에게 무공이 밀리고 있었다.

그는 싸우던 도중 승산이 없다고 판단되자, 검을 진양에게 내던졌다.

까앙!

진양이 날아드는 검날을 쳐내자, 무인은 품에서 둥근 환을 꺼내 입에 물었다.

다음 순간 무인의 두 눈이 시뻘겋게 충혈되더니 '퍽!' 소리
와 함께 전신이 산산 조각나며 터져 나갔다.

결국 진양은 아무도 사로잡지 못한 것이다.

'아무래도 안 되겠다. 항산으로 들어가서 무슨 일이 일어
난 것은 아닌지 살펴봐야겠다.'

진양은 이번 일이 항산의 거지들과 관계되어 있을지도 모
른다는 불길한 예감이 들었다.

그는 곧바로 말을 타고 달려 항산의 골짜기로 들어갔다.

가신풍이 말해준 곳을 겨우 찾아갔는데, 골짜기 입구부터
피비린내가 진동하는 것이 아닌가?

"개방 분들은 여기 계시오?"

진양이 소리쳐 불렀지만 아무런 대답도 들려오지 않았다.

진양이 안으로 깊이 들어가자, 골짜기 곳곳에 처참하게 널
브러진 시체들이 보였다.

아직 피가 완전히 굳지 않은 시체도 있는 것으로 보아 죽은
지 오랜 시간이 지난 것은 아닌 모양이었다.

'내가 늦어버리고 말았구나.'

결국 진양은 아무런 소득도 없이 발길을 돌려야만 했다.

무림맹 총단으로 돌아온 진양은 후원을 거닐며 생각에 잠

졌다.

시간이 지날수록 의문만 늘어나고 있었다.

'복면인들의 정체는 무엇이었을까? 혹시 그들은 내가 개방 사람들을 만나러 간다는 것을 알고 있었던 것일까? 우연이라고 하기에는 너무 시기가 절묘하지 않은가? 그렇다면 내가 그곳에 가리라는 것을 어찌 알고 있었단 말인가? 설마⋯⋯.'

진양은 고개를 설레설레 저었다.

'무림맹에 간자가 있을 리가⋯⋯.'

하지만 자꾸만 그쪽으로 기우는 마음은 어쩔 수가 없었다.

그때 인기척이 들려 몸을 돌리니, 마침 추방산이 걸어왔다.

그가 자못 심각한 표정으로 말했다.

"맹주께 드릴 말씀이 있소."

"말씀하시지요."

추방산은 주위를 한 번 둘러보더니 작은 목소리로 말했다.

"조용한 곳으로 자리를 옮기는 것이 어떻겠소?"

"그러지요."

진양은 추방산을 데리고 대청으로 들어갔다.

자리에 앉자마자 추방산이 소곤거리는 목소리로 진양에게 말했다.

"아무래도 내부에 간자가 있는 것 같소."

진양이 눈을 크게 뜨고는 추방산을 바라보았다.

그렇잖아도 오늘 하루 동안 그 고민을 하고 있었는데, 마침 추방산마저 그 이야기를 꺼내니 놀라지 않을 수가 없었다.

진양이 다그쳐 물었다.

"어찌 그런 생각을 하시는지요?"

"우리 개방은 지금 무림맹의 주축이 되어 움직이고 있다는 것을 맹주께서도 잘 아실 거요."

"물론입니다. 큰 힘이 되고 있습니다."

"한데 우리 개방이 주축이 된 무림맹의 움직임이 낱낱이 흘러가는 듯하오. 천의교는 이쪽에서 치는 순간을 마치 기다렸다는 듯이 막아내고 있소. 그러다 보니 시간이 흐를수록 무림맹은 더 많은 피해를 입고 있소. 개방은 무림맹의 기습조가 작전을 행하기 전에 최대한 철저히 조사하오. 한데도 실전이 벌어지면 천의교가 완전히 태세를 바꾸고 대응하니, 이는 틀림없이 내부에 간자가 있다는 뜻이지 않겠소?"

진양이 고개를 끄덕였다.

"일리있군요. 사실은 저도 한 가지 마음에 걸리는 부분이 있었습니다."

"무엇이오?"

진양은 자신이 항산에 다녀온 일에 대해서 말했다.

이야기를 들은 추방산은 이맛살을 잔뜩 찌푸리며 중얼거렸다.

"그럴 수가……."

진양은 그의 표정이 심상찮은 것을 보고 물었다.

"왜 그러십니까?"

"흐음……."

추방산은 한참 동안 침음을 흘리다가 어렵사리 입을 열었다.

"사실 우리는 한 사람을 의심하고 있었소."

"의심하고 있었다고요? 그게 누굽니까?"

"실은 그것이……."

"말씀해 보십시오."

"혈사채의 곡 채주라오."

진양이 놀라서 두 눈을 부릅떴다.

"곡전풍 채주를 말씀하시는 겁니까?"

"그렇소."

"그럴 리가요."

"하나 곡전풍 채주는 이미 천의교와 손을 잡은 적이 있지 않소? 예전 그는 천의교와 손을 잡고 금룡표국을 습격했었지. 그때 맹주께서도 연이 닿았지 않았소?"

"그랬지요. 하지만 이미 십 년이나 지난 이야기입니다."

"한 번 배신한 자들이 두 번을 배신하지 못할까? 그것이 사마외도의 속성인 것을."

진양은 너무나 뜻밖의 소리에 가슴이 두근거렸다.

추방산이 말을 이었다.

"게다가 방금 맹주께서는 항산에 다녀오시지 않았소?"

"그렇습니다만 그것이 왜……?"

"혈사채의 위사령이 같은 날 항산을 찾아갔었소. 우리 개방의 정보이니 확실한 것이오."

"그럴 수가……."

진양은 충격에 잠시 말을 잇지 못했다.

추방산이 말했다.

"어떻게 하시겠소? 맹주께서 명령을 내리신다면 곧바로 무림맹의 권한으로 혈사채를 조사할 수도 있소."

"잠시 생각을 해봐야겠군요."

"맹주, 이건 탁자에 앉아서 백날을 생각해도 답이 나올 수 없는 문제요."

"흐음… 좋습니다. 대신 저도 같이 가보지요."

"알겠소. 명에 따르겠소."

"내일 떠날 준비를 하십시오."

"그러리다."

추방산은 포권을 취해 보이고는 자리에서 일어났다.

진양은 착잡한 표정으로 그를 배웅했다.

다음날 진양은 추방산을 비롯한 무림맹의 무인들을 이끌

고 혈사채로 향했다. 사실 무림맹의 무인이라고는 하지만 대개가 개방의 제자들로 이루어져 있었다.

곡전풍은 갑자기 찾아든 무림맹을 보고 놀란 표정을 지우지 못했다.

무림맹의 무인들은 다짜고짜 혈사채를 들쑤시며 수색하기 시작했다. 만에 하나라도 증거물을 감출 수도 있었기에 그들의 움직임은 무례할 만큼 거침이 없었다.

"어찌 이러시오, 맹주?"

곡전풍이 불편한 기색을 감추지 않은 채 물었다.

하지만 진양이 뭐라고 말하기 전에 추방산이 나서며 대답했다.

"곡 채주, 숨기는 것 없이 솔직히 말한다면 죄를 조금은 가볍게 여겨 드리겠소."

"그게 무슨 말이오? 추 방주!"

"지금은 무림맹으로서 온 것이니 부맹주라고 불러야 할 것이오."

"끄음! 대체 이게 무슨 행패란 말이오? 남의 집에 칼 든 손님이 이렇게 많이 찾아오는 것은 실례가 아니오?"

하지만 추방산은 대답하는 대신 옆에 서 있는 위사령을 보며 물었다.

"한 가지 물어보겠소. 지난날 위사령 부장은 항산에 다녀온 적이 있소? 없소?"

"있소이다! 그것이 잘못되기라도 했소?"

위사령이 성큼성큼 걸어나오며 소리쳤다.

추방산은 위사령을 가소롭다는 듯 바라보며 말했다.

"그곳에서 무슨 일이 있었소?"

"아무 일도 없었소."

"아무 일도 없이 왜 그곳으로 갔단 말이오?"

"종지령으로부터 연락을 받았기 때문이오."

"종지령이라면… 갈지첨의 제자를 말하는 것이오?"

"그렇소."

"무슨 연락이었소?"

"항산 근처에 숨어 있는데, 투항하겠다는 내용이었소."

"그래서?"

"가보았지만 우리는 종지령을 찾지 못했소."

"그것참 이상하군. 종지령이 왜 무림맹으로 연락하지 않고 혈사채로 연락했단 말이오?"

"무림맹으로 연락하면 죽을 수도 있다고 생각하는 듯했소이다."

"그런데 종지령은 항산에서 보이지도 않았다?"

"그렇소. 혹시나 함정이 아닐까 싶어 부원들을 모두 데리고 갔지만 아무도 만나지 못하고 돌아왔소."

추방산이 눈살을 찌푸렸다.

"그럼 왜 무림맹에는 보고하지 않았소?"

"아무 일도 일어나지 않은 것을 보고할 필요성을 느끼지 못했을 뿐이오. 한데 무엇 때문에 꼬치꼬치 캐묻는 것이오?"

"항산에서 개방의 제자들이 떼죽음을 당했소. 당신들이 항산에 도착한 날 벌어진 일이오. 전혀 모르고 있었소?"

"그런 일이 있었다는 건 정말로 몰랐소이다."

"닥쳐라! 네놈들이 감히 거짓말을 한단 말이냐?"

추방산이 갑자기 버럭 고함을 내질렀다.

그는 감정이 북받쳤는지 눈자위마저 발갛게 충혈된 채 말했다.

"그딴 허술한 거짓말을 날보고 믿으라는 소린가? 소설을 쓸 생각이라면 좀 더 그럴싸해야 하지 않겠는가!"

"누가 거짓말을 한단 말이오? 나는 사실을 그대로 말했을 뿐이오!"

"그럼 그 종지령의 서신을 보여라!"

"없소."

"흥! 그럴 줄 알았지! 어째서 없단 말인가? 방금 받았다고 하지 않았나?"

"내가 언제 서신을 받았다고 했소? 연락을 받았다고 했지! 심부름꾼 하나가 찾아와서 그렇게 전했을 뿐이오."

"웃기는군! 단지 그 말을 믿고 항산까지 갔단 말인가?"

"생각해 보시오! 어느 미친놈이 할 짓이 없어서 이 혈사채에 제 발로 들어와 거짓말을 하고 가겠소? 종지령이 진심으로 하는 소리이거나, 우리를 함정에 빠뜨리려는 계책이라고 생각하는 것이 당연한 것 아니오?"

"그렇다면 무림맹에 지원을 요청했어야지!"

"무림맹은 지금 중원 곳곳에서 천의교와 싸우느라 정신이 없는데 어찌 지원요청을 한단 말이오? 다른 곳의 싸움도 밀리고 있는 판국이 아니오?"

"흥! 핑계만은 그럴싸하구나!"

"이익! 말조심하시오! 추 방주!"

위사령이 성질을 참지 못하고 칼을 뽑아 들려고 했다.

곡전풍이 얼른 손을 들어 말렸다.

"경거망동하지 말게!"

"하지만 채주님!"

"가만!"

곡전풍은 들어 올린 손을 쿡 말아 쥐었다.

그가 주먹 쥔 손을 부들부들 떨며 진양을 바라보았다.

"맹주… 정녕 우리를 못 믿는단 말이오?"

진양은 천성이 남을 의심하는 성격이 아니었다.

때문에 이런 자리가 여간 불편한 것이 아니었다.

하지만 추방산의 말대로 미심쩍은 부분도 있었기에 그냥 넘어갈 수도 없는 문제였다.

진양이 차분히 대답했다.

"너무 노여워하지 마십시오. 그냥 형식적인 절차로 생각해 주시기 바랍니다. 수색이 끝나면 정식으로 사죄드리겠습니다."

"좋소. 특히 부맹주께서는 더욱 미안한 감정을 가져야 할 것이외다."

곡전풍이 추방산을 뚫어질 듯 노려보며 말했다.

추방산은 냉랭한 웃음을 지으며 대꾸했다.

"거야 어느 쪽이 미안해야 할지 두고 보면 알 테지."

그 말을 끝으로 무인들 사이에서는 싸늘한 침묵만이 내려 앉았다.

얼마나 시간이 지났을까?

대청으로 무인 한 명이 찾아왔다.

"맹주님! 찾았습니다!"

진양은 물론 곡전풍과 위사령도 놀라서 자리에서 벌떡 일어났다.

"찾았다니, 뭘 찾았단 말인가?"

"여기……."

무인이 내민 것은 한 장의 종이였다.

한데 그 종이를 펼쳐 보자 중원의 지도가 나오고 천의교의 요충지가 일목요연하게 적혀 있었다. 또한 언제 어느 때 무림맹이 천의교를 공격할 것인지 상세히 적혀 있는 것이 아닌가.

이는 아무리 보아도 아군을 위한 작전 지도가 아니었다.

위사령이 그 지도를 보고 눈을 부라렸다.

"이, 이게 무엇이란 말인가? 이게 대체 어디에 있었단 말이냐?"

"혈사전에서 발견됐소."

무인이 위사령을 노려보며 말했다.

위사령이 대로하여 소리쳤다.

"닥쳐라! 감히 네놈이 우리에게 누명을 씌우려고 한단 말이냐?"

스르릉!

위사령이 다시 칼을 뽑아 들고 당장에라도 무인을 쳐 죽일 듯하자, 추방산이 타구봉을 들고 얼른 나섰다.

"무기를 내려놔라!"

그때였다.

콰장!

탁자가 산산이 부서져 나갔다.

모두의 시선이 머문 곳에는 혈사채주 곡전풍이 주먹을 쥔 채 부들부들 떨고 있었다. 그의 주먹은 강맹한 기운이 뭉쳐 붉은 빛깔을 은은히 풍기고 있었다.

그는 한차례 심호흡을 하더니 진양을 바라보았다.

"이제 어쩔 것이오, 맹주?"

진양 역시 증거가 나온 이상 마냥 곡전풍을 믿어줄 수만은 없었다.

그가 착잡한 표정으로 말했다.

"증거가 나왔으니 어쩔 수 없군요. 채주님과 두 부장께서는 맹의 총단으로 함께 가주셔야겠습니다. 앞으로 혈사채는 무림맹에서 관할하게 될 것입니다."

"맹주!"

위사령이 발끈해서 소리쳤다.

그가 공격적인 성향을 드러내자, 뒤에 서 있던 가신풍이 검의 손잡이를 잡으며 성큼 나섰다.

위사령이 더는 어쩌지 못하고 으르렁거리고만 있는데, 곡전풍이 그를 제지하며 한 걸음 나섰다.

곡전풍은 길게 한숨을 내쉬고는 진양을 보았다.

"오해가 빨리 풀리길 바라겠소."

"오해가 풀리게 될지, 깊어질지는 두고 봐야 알겠지."

추방산이 차갑게 쏘아붙이고는 부하들에게 눈짓으로 명했다. 그러자 무림맹의 무인들이 다가와 곡전풍을 포박하기 시작했다.

第七章

남은 자취란 오직 높은 누대뿐

곡전풍과 위사령, 그리고 조전은 무림맹 총단의 혈맹옥(血盟獄)에 갇히고 말았다.

한데 그 이후로 수개월 동안 거의 모든 싸움에서 무림맹이 승전을 이어나갔다.

무림맹이 점령한 천의교의 분타들은 맹에 가입된 각 문파의 장로 격 무인들이 배치됐다. 순순히 항복하는 수많은 신도들을 모두 죽일 수는 없었기에 각 문파의 장로들이 주축이 되어 그들을 통솔해 무림맹의 산하 기관으로 다스리기로 한 것이다.

새어나가는 정보가 없으니 무림맹의 작전은 곧잘 통했고, 천의교는 연일 패하면서 투지를 잃어가고 있었다.

급기야 천의교는 운태산의 총단만을 남겨두고 거의 모든 분타가 무림맹에 점령당하는 사태까지 벌어지고 말았다.

반면 연일 승전을 이어온 무림맹의 분위기는 한층 고무되어 있었다.

그들은 운태산 아래에 운집해서 마지막 총 공격을 앞두고 있었는데, 그곳에 참여한 무인은 진양과 추방산, 그리고 종남파의 장로 봉상탁과 철혈문의 구계악이었다.

다른 무인들은 천의교 분타를 관리하거나 자신들의 문파 사정 때문에 참여하지 못했다.

하지만 천의교 역시 많은 분타를 잃고 위교사왕 중에 파천일왕과 마소장왕만이 남아 있었으므로 딱히 불리한 싸움이라고 볼 수는 없었다.

더구나 무림맹은 지금까지 승승장구해 오지 않았던가.

구계악이 입가에 웃음을 가득 머금으며 말했다.

"드디어 여기까지 오게 됐군요. 그동안 우여곡절이 많았습니다. 하지만 일 년이 채 지나지 않아 천의교를 정리할 수 있었던 것은 모두 맹주님의 뛰어난 역량 때문 아니겠습니까?"

하지만 진양은 정중히 고개를 저으며 대답했다.

"아직 모두 끝났다고 보기는 어렵습니다. 천의교 분타를 거의 제압하긴 했습니다만, 각 분타에는 무림맹의 무인들보다 기존의 신도들이 더 많습니다. 혹시 그들이 다른 마음을 품지 않도록 오랜 시간 감시해야 할 것입니다."

"물론 그래야겠지요. 하면 무림맹은 천의교를 모두 처리하고 나서도 한동안은 유지돼야겠군요."

"천의교의 잠재적인 위험이 어느 정도 끝났다 싶을 때까진 그래야 할 듯합니다."

"한데… 그럼 정파에서 반발이 심하지 않을까요?"

그 말에 듣고만 있던 봉상탁이 불쑥 나섰다.

"당연히 반발이 있을 수밖에 없소. 나 역시 맹주의 능력을 높이 사는 바이오. 하지만 이후에도 계속 맹주의 자리에 계신다는 것은 부당하다고 생각하오. 무림맹주의 자리는 어디까지나 임시 직책이었으니, 이 전쟁이 끝나면 무림맹주를 다시 선출해야 할 것이오."

그러자 구계악이 콧방귀를 뀌며 말했다.

"결국 정파에서 무림맹주의 자리를 차지해야 속이 시원하겠다는 말이구려!"

"내가 언제 그런 말을 했소? 단지 순리가 그렇다는 것이오!"

두 사람이 언성을 높이자, 추방산이 껄껄 웃으며 말렸다.

"두 사람 모두 진정하시오. 나야 맹주님이 계속 그 자리를 지켜도 좋다고 생각하오만."

하지만 이번에는 진양이 손사래를 쳤다.

"사실 저도 이 전쟁이 끝나면 물러날 생각이었습니다. 신필문 하나만 다스리는 것도 저에겐 힘든 일이군요."

"허허, 그건 지금 논의할 문제는 아닌 듯싶소. 우선은 눈앞의 적들을 섬멸하는 것이 급선무가 아니겠소?"

"옳은 말씀이십니다."

진양이 부드럽게 웃으며 대답했다.

그때 가신풍이 달려와 진양에게 귓속말을 알렸다.

"맹주님, 신필문에서 사람이 왔습니다."

'신필문에서?'

진양이 눈빛으로 되묻자, 가신풍이 고개를 끄덕이고는 작은 목소리로 말을 이었다.

"아무래도… 건문제께서 쫓기고 계신 모양입니다."

"그런……!"

진양이 저도 모르게 불쑥 소리쳤다.

그러자 주위의 무인들이 눈을 휘둥그레 뜨고는 진양을 바라보았다.

추방산이 걱정스런 표정으로 물었다.

"무슨 일이 있소?"

"아, 아닙니다. 잠시만 자리를 비우겠습니다."

진양은 양해를 구하고는 가신풍을 이끌고 자리를 옮겼다.

주윤문이 살아 있다는 것은 사람들이 모를수록 좋았다. 때문에 진양은 대충 얼버무리고 넘긴 것이다.

아무도 없는 곳에 다다른 진양이 얼른 가신풍을 붙들고 물었다.

"자세히 말해보시오."

"황궁에서 그분이 있는 곳을 알고 추격대를 보냈다고 합니다. 지금 쫓기고 계시는 중인데 머잖아 꼬리를 밟힐 것 같다고 합니다."

"해서 조치는?"

"우선 사상이괴가 건문제가 계신 곳으로 갔습니다만……."

진양은 아무래도 마음이 놓이지 않았다.

사상이괴라면 누구보다도 뛰어난 무공을 소유하고 있었지만, 세심히 신경 써야 할 부분에서는 서투른 점이 많았기 때문이다.

진양은 곰곰이 생각하다가 추방산이 있는 곳으로 돌아갔다.

추방산은 진양을 보자마자 물었다.

"문에 좋지 않은 사정이라도 있소?"

"그것이……."

"혹시 일이 생겼거든 여기는 걱정 마시고 가보시오. 이곳은 나와 봉 장로, 그리고 구 장로가 있으니 별문제 없을 거요."

진양은 추방산의 배려가 고마웠지만 못내 미안한 마음이 들어 선뜻 대답할 수가 없었다.

그러자 구계악도 추방산을 거들고 나섰다.

"부맹주님의 말씀대로 하십시오. 이곳은 저희만으로도 충분합니다. 승전 소식을 들을 준비만 해두십시오. 허허."

결국 진양이 어렵사리 입을 열었다.

"정말 그래도 괜찮겠습니까?"

"물론이오."

추방산의 말에 진양이 마음을 굳히고 대답했다.

"알겠습니다. 그럼 염치불고하고 이곳을 여러분께 맡기겠습니다."

"허허, 걱정 마시오."

추방산의 친근한 미소를 보며 진양은 고개를 끄덕였다.

그리고는 가신풍을 돌아보았다.

"여기 계신 분들의 말씀을 잘 따라서 좋은 소식 들려주길 바라오."

"걱정 마십시오, 맹주님. 안심하고 다녀오십시오."

"그럼 저는 이만 가보겠습니다. 불초한 저를 용서하십시오."

"별말씀을! 급한 일인 것 같으니 얼른 가보시오."

"감사합니다, 그럼."

진양은 그날 밤 곧바로 말을 타고 달려 주윤문이 있는 곳으로 향했다.

호광(湖廣) 지역의 형산(衡山).

만물이 소생하는 초봄의 형산은 아름답기 그지없었다.

하지만 형산의 숲길을 가로지르는 진양은 주변 경관을 둘러볼 여유가 없었다.

"이럇!"

진양이 흡혈마의 배를 걷어차자 말은 더욱 빠르게 질주했다.

오랜 기간 무인들의 전쟁으로 흡혈마 역시 무인의 피를 배부르게 먹었기에 지칠 줄을 몰랐다.

그렇게 얼마나 달렸을까.

진양은 멀찍이 내려다보이는 관제묘에서 잠시 쉬었다가 가기로 마음먹었다.

"워어! 워!"

진양은 흡혈마를 급히 멈춰 세우고는 말에서 내렸다.

직례 일대에서부터 최소한의 휴식만 취하고 달려왔더니 몸이 몹시 무거웠다.

관제묘 문 앞으로 걸어간 진양은 문짝을 꼼꼼히 살펴보았다.

어느 순간 진양의 눈이 반짝 빛났다.

'표식이 있군.'

마치 어린아이의 낙서 같은 표식이 문에 새겨져 있었다.

이는 사상이괴와 진양을 연결해 주는 표식이었다.

진양은 호광 지역으로 들어선 이후부터는 줄곧 이 표식을 따라 건문제가 있는 곳을 추격해 온 것이다. 표식에는 앞으로 가야 할 방향과 다음 표식이 있는 곳까지의 거리가 암호로 새겨져 있었다.

'흠. 어차피 폐하께서 계신 곳을 찾아다니려면 낮보단 밤이 편할 것이다. 이곳에서 잠시 눈을 붙였다가 저녁이 되면 다시 찾아가는 것이 좋겠다.'

생각을 정리한 진양이 문 손잡이를 잡았다.

그 순간,

콰장!

문짝을 가르며 날카로운 검이 불쑥 튀어나왔다.

"헛!"

진양이 얼른 몸을 뒤로 젖히며 검날을 피했다.

다음 순간, 관제묘 안에서 우렁찬 고함소리와 함께 시커먼 그림자가 튀어나왔다.

"뒈져 버려라!"

벼락처럼 떨어지는 검날을 보며 진양은 얼른 몸을 옆으로 굴렸다. 뒤미처 그는 허리춤에서 수호필을 꺼내 들고 상대의 목을 향해 빠르게 찔러 들어갔다.

하지만 필봉이 목에 닿기 직전, 진양은 가까스로 공력을 거둬들이고 훌쩍 물러났다.

"사상이협이 아니십니까?"

진양이 반가운 마음에 소리쳤다.

"응?"

몸을 움찔 떨며 고개를 돌린 사람은 바로 사상이괴의 서요평이었다.

그는 하마터면 잘려 나갈 뻔했던 뒷목을 매만지며 멋쩍은 표정으로 말했다.

"빨리 왔구나."

"하마터면 표식을 보고 먼저 갈 뻔했습니다."

"표식을 새겨놓고 뒤에서 기척이 느껴지기에 관제묘 안에 숨어 있었다."

"그랬군요! 폐하께서는 어디에 계십니까?"

"관제묘 안에 계신다."

말을 마친 서요평이 몸을 돌려 저벅저벅 걸어갔다.

그의 뒤를 따라 진양이 관제묘 안으로 들어가자, 숨을 죽이고 있던 서운지와 번웅, 그리고 주윤문이 있었다.

세 사람은 모두 진양을 보자마자 반색하며 맞이했다.

"오오! 양 장문이 아니오?"

"폐하, 그간 안녕하셨사옵니까?"

진양이 무릎을 꿇으며 인사하자, 얼른 주윤문이 일으켰다. 그가 기침과 함께 입을 열었다.

"쿨럭, 쿨럭. 이러지 마시오. 어찌 하늘 아래 두 황제가 있을 수 있겠소? 편히 대하시오. 제발 부탁이오."

"죄송합니다."

주윤문이 빙그레 웃으며 고개를 저었다.

"죄송할 것까지야. 쿨럭. 이리 다시 보게 되니 반가움을 감출 길이 없소이다."

진양은 수척해진 주윤문의 얼굴을 보자 마음이 아팠다. 게다가 눈 밑이 검고 기침이 끊이지 않는 것을 보니 병색이 있는 듯했다.

"고생이 많으셨지요?"

"하하하! 오히려 마음 편히 중원을 유랑하며 즐겁게 지냈소. 최근 숙부가 내 존재를 눈치채고 군대를 보냈다고 하여 조금 신경이 쓰일 뿐이오."

그때 번웅이 조심스럽게 말했다.

"천자께서 몸이 안 좋으셔서 걱정입니다. 이대로 노숙을 계속하긴 힘들 것 같소."

진양이 고개를 끄덕였다.

확실히 노숙을 계속 이어가다가는 주윤문의 건강 상태는 더욱 악화될 듯했다.

그렇다고 호광 지역의 무림맹 분타로 데려갈 수도 없었다.

무림맹주가 총공격을 내팽개치고 웬 젊은 승려를 데리고 들어오면 누구나 관심을 가지지 않겠는가?

"우선 객점에 가서 방을 잡아야겠습니다."

"괜찮을까요?"

번웅의 걱정스런 질문에 진양이 착잡한 표정으로 대답했다.

"지금으로서는 방법이 없지요. 피로가 겹친 데다 무리한 여행으로 많이 지치신 것 같습니다. 우선은 휴식이 필요합니다."

"알겠소. 양 장문의 뜻에 따르겠소."

"가시지요."

진양은 주윤문 일행을 이끌고 앞장섰다.

그는 말을 타고 가면서도 머릿속이 복잡했다.

당장 주윤문을 지키는 것도 그러했지만, 운태산의 싸움은 어찌 됐을지 걱정도 됐다.

진양이 운태산으로부터 쉬지 않고 달려왔기에 싸움의 결

과를 들으려면 적어도 사나흘은 지나야 할 것이었다.

진양 일행은 마을로 내려가 비교적 한적한 객점으로 들어 갔다.

만약을 대비해 진양은 주윤문과 일행이 아닌 것처럼 위장 했다.

주윤문은 승려 복장답게 허름한 방을 잡았고, 진양은 가장 좋은 방을 구했다. 그런 뒤 진양은 주윤문을 자신의 방에서 묵도록 했다.

시간이 지날수록 주윤문의 병세는 점점 악화되어 이제는 숨소리도 거칠어지고 열이 많이 오른 상태였다.

진양은 우선 주윤문을 침상에 눕히고 맥을 짚어보았다.

그는 과거에 천상련과 황궁에서 의학 서적을 자주 접했기 에 어느 정도 관련 지식이 있었다.

진양은 번웅에게 약방문을 지어준 후, 그가 사온 약재를 이 용해 약을 달여 주윤문에게 먹였다.

그렇게 바쁜 시간이 지난 뒤 주윤문은 차츰 안정을 찾더니 열이 조금씩 내리기 시작했다.

하루 종일 주윤문 곁에서 간호하던 진양은 비로소 안도의 숨을 내쉴 수 있었다.

주윤문은 그런 진양을 보며 씁쓰레한 미소를 머금었다.

"미안하오, 양 장문."

"아닙니다. 그런 말씀은 하지 마십시오."

"내가 그대에게 도움은 되지 못하고, 늘 짐만 되는구려."

"이미 저는 폐하께 평생을 갚아도 다 갚지 못할 은혜를 입은 몸입니다."

"그만큼 그 호칭으로 부르지 말래도 습관이란 참으로 무서운 것이로군."

주윤문이 툴툴거리며 하는 말에 진양은 빙그레 웃어 보일 뿐이었다.

주윤문은 고개를 돌려 창밖의 밤하늘을 물끄러미 바라보았다.

그가 다시 진양을 돌아보며 말했다.

"오랜만에 그대의 글씨가 보고 싶어졌소. 내게 보여줄 수 있겠소?"

"보잘것없는 글이지만, 폐하께서 원하신다면 언제든지 보여 드리겠습니다."

"고맙소."

주윤문이 부드럽게 웃으며 진양을 바라보았다.

눈치가 빠른 번웅이 얼른 밖으로 나가 지필묵을 챙겨 돌아왔다.

진양은 탁자에 종이를 펼쳐놓은 다음 서진으로 고정시키

고는 물었다.

"어떤 글을 적을까요?"

"문득 시 하나가 떠오르는구려. 내가 그 시를 응용해서 조금 고쳐 불러볼 테니, 양 장문께서 한 번 받아 적어보시겠소?"

"알겠습니다."

진양이 공손히 대답하자, 주윤문이 청아한 목소리로 시를 읊기 시작했다.

구슬픈 듯 들리는 그의 목소리는 진양의 수려한 필체로 화해 하얀 종이에 내려앉았다.

明皇昔全盛(명황석전성)

賓客復多才(빈객부다재)

悠悠只一年(유유일천년)

陳跡唯高臺(진적유고대)

寂寞向春草(적막향춘초)

悲風千里來(비풍천리래)

명황이 옛날 왕성하였을 적에

손님도 많았고 인재도 많았다네.

아득하구나, 단 일 년의 세월이.

남은 자취란 오직 높은 누대뿐이로다.

쓸쓸하여라, 봄의 풀잎이여

슬픈 바람이 천리 먼 곳에서 불어오는구나.

진양은 시를 받아 적으면서 새삼 주윤문의 처지가 딱하게
여겨져 닭똥 같은 눈물이 뚝뚝 흘렀다.

하얀 종이에 수 놓이듯 새겨진 글씨는 그런 그의 마음과 주
윤문의 마음이 고스란히 묻어나 있어 번웅이 그 글씨를 보자
니 가슴이 미어지는 듯했다.

하나 필체 속에 진득한 슬픔이 묻어 있으면서도 그 아름다
움이 지극하여 뭐라 표현할 수 없는 감동도 느끼고 있었다.

진양은 눈물을 흘리며 주윤문에게 말했다.

"폐하, 모두 적었사옵니다."

"그렇소? 한 번 봅시다."

주윤문은 힘겹게 몸을 일으키고는 탁자에 놓인 종이를 바
라보았다. 검은 먹이 구불구불 이어지는 그 모습에서 그는 다
시 한 번 감탄과 함께 가슴 먹먹한 감동을 느꼈다.

주윤문이 슬픔인지 감동인지 모를 눈물을 흘리며 연신 찬
탄했다.

"참으로 아름답소. 참으로 훌륭하오. 내 지금껏 많은 인재
들을 보았지만, 서예에 있어서만큼은 양 장문보다 뛰어난 사

람을 아직 보지 못했소. 방 학사도 그대의 서예 솜씨를 우러
러볼 것이오."

진양은 방 학사가 방효유를 가리킨다는 것을 알았다.

진양이 고개를 저으며 대답했다.

"과찬이시옵니다, 폐하."

그때였다.

"썩 비키지 못하겠소?"

문밖에서 고함소리가 들리더니 웅성거리는 소리가 들렸
다.

그제야 진양은 자신이 글을 쓰는 데 집중하느라 다른 기척
을 전혀 느끼지 못했다는 것을 깨달았다. 번웅 역시 진양의
글에 심취해 있느라 주변을 신경 쓰지 못했던 것이다.

사상이괴의 서요평 목소리가 들려왔다.

"들어갈 수 없다고 하지 않았느냐?"

아무래도 사상이괴가 문 앞을 막은 채 시간을 끌고 있는 듯
했다.

방 안으로 들어오려고 하는 자는 틀림없이 황궁에서 보낸
장군일 것이다.

만약 무인이라면 서요평의 성격상 당장에라도 죽여 버리
겠지만, 황궁의 장군인만큼 쉽사리 살수를 쓰지 못하는 것이
리라.

"흥! 썩 비키지 않으면 황제의 명을 어긴 것으로 간주하겠다! 물러나라!"

다음 순간 갑자기 문이 벌컥 열리며 장군복 차림의 사내가 불쑥 들어왔다.

이어서 사상이괴가 잔뜩 화가 난 표정으로 뒤를 따라 들어왔다.

장군은 방 안에 누워 있는 주윤문과 진양, 그리고 번웅을 번갈아보더니 비릿한 미소를 머금었다.

"오랜만이오, 양 장문."

진양은 잠시 그를 알아보지 못하다가 문득 떠오르는 인물이 있어 소리쳤다.

"정여립?"

"허허, 이제 알아보시는구려."

그러더니 정여립은 시선을 돌려 주윤문을 향해 말했다.

"이런 누추한 곳에서 뭘 하고 계십니까? 전하, 저희들이 얼마나 찾았는지 모릅니다."

이때쯤 연왕은 황제로 즉위하고 연호를 영락(永樂)으로 고친 상태였다. 또한 건문년을 없애고 홍무를 사용함으로써 주윤문을 황제로 인정하지 않았다.

때문에 정여립은 주윤문을 가리켜 '폐하' 라는 호칭 대신 '전하' 라고 부른 것이다.

진양은 재빨리 생각을 굴렸다.

'어차피 방 밖에서 대기하는 병사들은 아직 아무도 보지 못했다. 지금이라면 수를 써도 늦지 않을 것이다.'

속셈을 마친 진양은 얼른 사상이괴를 향해 말했다.

"방문을 닫으십시오!"

"알겠네!"

사상이괴가 문을 얼른 닫아버리고는 방 밖으로 나가서 버티고 섰다.

갑자기 벌어진 상황에 정여립이 진양을 노려보며 말했다.

"무슨 짓이오? 역모라도 꾀할 생각인가?"

"닥쳐라. 너는 금룡표국을 배신한 것도 모자라 신하 된 자로서 충성을 다하지 못하고 역적을 도왔으니 죽어 마땅하다!"

"뭣이? 양진양, 그대가 지금 상황이 어떤지 모르는 모양인데……."

쒜에엑!

순간 진양의 수호필이 허공을 가르며 날아갔다.

퍽!

"커억!"

말을 내뱉던 정여립은 그 자리에서 목이 꿰뚫려 즉사하고 말았다.

배신으로 얼룩졌던 인생이 이처럼 허무하게 끝날 줄이야 누가 알았으랴.

그리고 진양의 손속이 이처럼 잔인할 줄이야 누가 알았으랴.

주윤문은 물론 번웅도 너무 놀라서 입을 척 벌린 채 다물 줄을 몰랐다.

두 사람이 뭐라고 말을 꺼내기도 전에 진양은 재빨리 창문을 열어 아래를 내려다보았다.

다행히 객점 뒤쪽으로는 아직까지 병사들이 보이지 않았다.

"번 장군! 우선 이곳을 빠져나가십시오. 이곳은 제가 알아서 하겠습니다."

번웅은 잠깐 망설였지만, 곧 진양을 보고 고개를 끄덕인 후 창틀을 밟고 몸을 날렸다.

"폐하, 이불을 뒤집어쓰고 계십시오."

진양은 말을 마치기도 전에 이불을 끌어올려 주윤문의 몸을 완전히 덮어버렸다.

그런 뒤 진양은 얼른 웃통을 훌훌 벗어 던지고는 정여립의 시체가 있는 곳으로 걸어갔다.

정여립은 수호필에 목이 꿰뚫린 채 벽에 걸려 있었다.

진양이 수호필을 뽑아내자 피분수가 터지면서 정여립이

바닥에 털썩 고꾸라졌다.

그때 다시 밖에서 소란이 일어났다.

"무슨 일인가?"

몹시 우렁찬 목소리였다.

아마도 또 다른 장군이 올라온 듯했다. 그는 분명 정여립보다 더 높은 직위의 장군이리라.

진양은 그 목소리만 듣고도 상대가 누군지 짐작할 수 있었다.

'정화 장군이 이번 군대를 지휘하는구나.'

당시 정화는 영락제의 총애를 받아 대군을 이끌고 해외 원정을 준비하는 등 장군직 임무까지 소화하고 있던 터였다.

진양은 혹시 사상이괴가 실수를 저지를까 봐 얼른 소리쳤다.

"손님을 들여보내셔도 좋습니다."

진양의 말이 끝나자, 문이 열리더니 장군 한 명이 실내로 들어섰다.

진양의 예상대로 그는 정화였다.

정화는 제일 먼저 진양을 보았고, 그다음으로 피가 뚝뚝 떨어지는 수호필을 보았다. 이어서 벽 앞에 쓰러진 정여립의 시체를 본 뒤, 마지막으로 침상을 바라보았다.

정화는 정여립의 시체를 보고도 별로 노하지 않은 듯 눈살만 슬쩍 찌푸리고는 말했다.

"이게 무슨 짓이오, 양 맹주?"

"그가 무례를 저질러 죽였습니다."

"그 행동이 매우 위험하다는 것은 알고 있소?"

"하지만 조금만 더 기다려 주었다면 저 또한 그런 일은 저지르지 않았을 테지요."

진양은 말을 하면서 침상을 힐끗 바라보았다. 그러고는 다시 웃통을 벗은 자신을 한 번 내려다보았다.

정화가 피식 웃으며 말했다.

"무림맹의 맹주가 천의교를 총공격하기 전에 고작 계집질을 하기 위해 이 먼 길을 오셨단 말이오?"

"보시다시피."

진양이 어깨를 으쓱이며 대답했다.

그 태도가 예전에 보았던 예의 바른 진양의 모습과 너무나 달랐다.

하지만 그만큼 자연스럽게도 보여서 정화는 팔뚝에 소름이 끼칠 정도였다.

진양이 말을 덧붙였다.

"장군님의 말씀대로 저는 무림맹의 맹주입니다. 한데 정여립은 그런 저에 대한 최소한의 예우조차 없이 다짜고짜 방 안으로 쳐들어왔지요. 만약 그가 조금만 무림맹을 무겁게 생각해 주고 예를 갖추었다면 이런 불상사는 없었을 겁니다."

진양은 은연중에 자신의 지위를 강조했다.

그만큼 무림맹주의 위치는 황궁에서도 함부로 손대기에 껄끄러운 존재였다.

정화는 진양의 말을 들으며 저벅저벅 걸음을 옮겼다.

그가 막 침상 앞에 다다르려고 하는데, 마침 그 곁의 탁자에 놓인 종이가 눈에 들어왔다.

종이에는 시가 적혀 있었는데, 바로 고적이 지은 송중(送中)이라는 시를 응용한 것이었다.

한데 그 필체가 몹시 수려하고 우아하며 애잔한 슬픔마저 묻어 있으니 정화는 가슴이 시큰거리고, 갑자기 기분도 울적해졌다.

그 순간 그는 자신이 왜 이곳에 왔는지도 잊은 채 한참이나 탁자에 놓인 시를 바라보았다.

마치 글자 하나하나가 허공으로 떠올라 자신의 가슴을 먹먹하게 적시는 듯했다.

정화는 시간도 잊은 채 돌처럼 서 있다가 천천히 입을 열었다.

"양 장문께서 적은 것이오?"

"그렇습니다."

"명불허전이라더니… 역시 훌륭한 필체구려."

"감사합니다."

그러고도 정화는 여전히 움직일 줄을 몰랐다.

화자의 심상에 빠진 채 여전히 허우적거리고 있는 것이었다.

한참 후에 그는 움직였다.

하지만 그의 발길은 침상으로 향하지 않고 문으로 향했다.

"실례했소이다."

정화의 말에 진양은 내심 안도하며 고개만 끄덕였다.

정화는 문밖으로 나가려다가 문득 걸음을 멈추고는 말했다.

"양 장문, 나라면… 좀 더 큰 이불을 사용했겠소. 비구니와 정을 나눈다는 오해를 사지 않으려면 말이오. 이 충고의 대가는 언젠가 반드시 요구하리다."

정화는 그대로 방을 빠져나갔다.

잠시 후 객점을 가득 채웠던 병사들이 우르르 빠져나가는 소리가 들렸다.

진양은 그제야 탁자에 털썩 앉으며 침상을 바라보았다.

침상에는 덮인 이불 사이로 손바닥만큼 삐져나온 승려복이 내비치고 있었다.

다음날 주윤문은 번웅과 함께 길을 떠났다.

주윤문을 추격해 온 군대는 황궁으로 발길을 돌렸기에 더이상의 위험은 없었다.

진양은 두 사람을 배웅해 준 뒤 곧바로 대별산으로 향했다. 어차피 운태산의 싸움은 지금쯤 정리가 됐을 터였다. 큰 이변이 없는 이상 무림맹이 천의교를 일망타진했을 것이라 믿었다.

때문에 진양은 이왕 호광 지역까지 온 것, 무림맹으로 돌아가기 전에 신필문을 들러볼 생각이었다.

진양과 사상이괴가 대별산을 이틀 거리 정도에 앞두고 객점에 들렀을 때였다.

마침 무인들로 보이는 이들이 창가에 앉아서 두런두런 이야기를 하고 있었는데, 운태산의 싸움이 화두인 듯했다.

"이제 천의교도 뿌리가 뽑혔으니, 무림맹은 곧 없어지겠지?"

텁석부리사내의 말에 대머리 사내가 반박했다.

"그럴 리가 있겠나? 아직도 천의교의 잔당들이 얼마나 있을지 모르네. 그리고 천의교 신도들을 모두 처리한 것도 아니고, 분타에 그대로 두고 흡수시킨 것이 아닌가? 만약 그들이 집단적으로 반발이라도 하면 큰일 나는 거지."

"그래 봐야 제깟 놈들이 어쩌겠나? 이미 머리를 잃었는데……"

"그래도 조심해서 나쁠 것은 없지 않겠나? 내 생각에 무림맹은 천의교 신도들이 완전히 복속될 때까지는 지속돼야 한다고 생각하네."

그러자 뺨에 칼자국이 난 무인이 고개를 끄덕이며 수긍했다.

"내 생각도 같네. 전쟁은 끝났지만 아직 천의교 신도들이 훗날을 도모하고 있을지도 모를 일. 당분간은 무림맹이 지속되면서 그들을 다스려야 할 것일세."

그러자 텁석부리사내도 고개를 끄덕이며 수긍했다

"하긴. 그도 일리가 있는 말이로군."

"만약 그렇게 되면 무림맹주가 바뀔 가능성이 클 게야."

칼자국이 난 사내의 말에 텁석부리사내가 물었다.

"그건 또 왜 그런가?"

"자네도 들었잖은가? 이번 운태산에서의 총공격에서 양 맹주님이 참여하지 않았다고 하더군."

"아, 그랬지. 하긴 이번 공격에 맹주님도 계셨더라면 무림맹의 피해가 덜했을 테지."

"아무래도 이번에는 개방의 추 방주가 세운 공이 크니, 그가 차기 무림맹주가 되지 않을까 싶군."

"그럴지도 모르겠군."

무인들의 마지막 말에 서요평이 발끈해서 나서려고 했다.

하지만 진양이 얼른 그의 팔을 잡고 말렸다.

사실 진양도 천의교를 정리하고 나면 더 이상 맹주의 자리에 앉아 있을 생각이 없었다.

진양은 그들에게 자신의 신분이 노출되는 것이 싫어 얼른 식사만 하고 객점을 나섰다.

진양 일행은 그렇게 쉬지 않고 달려 다음날 늦은 밤이 되어서야 신필문에 도착할 수 있었다.

그리고 진양은 그곳에서 청천벽력 같은 소식을 들었다.

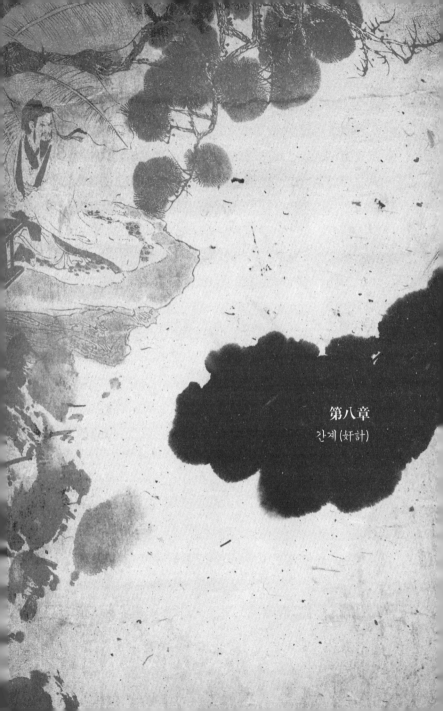

第八章
간계 (奸計)

"방, 방금 뭐라고 했소?"

진양이 떨리는 목소리로 물었다.

유설은 눈시울을 적시며 고개를 떨어뜨렸고, 그녀 주위의 모든 무인들이 눈물을 흘렸다.

진양이 고개를 천천히 저으며 말했다.

"아니오, 아닐 것이오. 절대… 잘못 안 것일 거요. 그렇지요? 아직 확실한 정보가 아니지요?"

진양의 거듭된 질문에 유설은 결국 눈물을 떨어뜨렸다.

그녀가 안타까운 표정으로 진양의 가슴에 손을 대고 말

했다.

"너무… 아파하지 마세요."

"그럴 수가… 그럴 수는 없소! 가 대주가 죽다니!"

진양은 비틀비틀 물러나다가 태사의에 털썩 주저앉았다.

들뜬 마음으로 신필문에 도착했건만, 오랜만에 찾아온 고향에서는 끔찍한 소식이 기다리고 있었다.

운태산의 총공격으로 무림맹은 결국 위교이왕을 물리치고 천의교를 무너뜨렸다.

하지만 그 과정에서 철혈문의 구계악과 종남파의 봉상탁이 목숨을 잃고 말았다. 뿐만 아니라 가신풍은 중상을 입고 까마득한 낭떠러지로 떨어져 죽었다는 것이다.

너무나 깊은 낭떠러지였기에 가신풍의 시신조차 찾을 수 없었다고 하니 진양은 마음이 미어지는 듯했다.

'만약 내가 그곳에 남았더라면 가 대주는 죽지 않았을 것이다. 뿐만 아니라 구 장로와 봉 장로도 죽지 않았을지도 모른다. 내가 빠졌으니 이런 불상사가 일어난 것이 아닌가? 과연 내가 맹주로서의 자격이 있기나 한단 말인가?'

진양은 막중한 책임감에 마음이 몹시 무거웠다.

결국 실의에 빠진 진양은 주위를 모두 물리치고 방 안에 혼자 남았다.

유설 역시 진양의 그런 마음을 십분 이해하는지라 조용히 물러나서 혼자만의 시간을 만들어주었다.

　다음날 진양은 무이오도와 죽반승을 불렀다. 그리고 그들에게 운태산 주변을 이 잡듯이 샅샅이 뒤져 반드시 가신풍을 찾아서 데려오라고 일렀다.

　"그의 시신이라도 좋으니 반드시 찾아내야 하오. 그전에는 본 문으로 돌아올 생각을 하지 마시오."

　"명심하겠습니다."

　무이오도와 죽반승은 그 길로 곧장 운태산으로 향했다.

　다시 며칠이 지났다.

　진양은 무림맹에 가입된 전 문파에 서찰을 보냈다.

　운태산 싸움에 대한 책임을 지고 무림맹주의 자리에서 이제 물러나겠다는 내용이었다.

　무림맹주의 자리는 오래 비워둘 수 없기 때문에 각대 문파의 수장들은 차기 맹주로 추방산을 추대했다.

　추방산은 천의교를 물리치는 데 가장 큰 공을 세운 인물이었다. 때문에 누구도 그 의견에 반대하는 자가 없었다. 특히 정파의 무인들은 하나같이 찬성의 뜻을 나타냈다.

　맹주 취임식은 천의교를 완전히 무찌른 운태산 정상에서 거행하기로 했다.

　이미 맹주의 자리에서 물러난 진양은 무림맹이 어떻게 흘러가든 관심이 없었다. 그는 오로지 하루하루 가신풍에 대한 소식만을 기다리며 시간을 보냈다.

매일 방에서 슬픔에 빠진 채 시만 적으며 시간을 보내자, 유설이 보다못해 찾아왔다.

"이러실 게 아니라 바람을 쐴 겸 구화산에 다녀오시는 건 어때요?"

"무림맹 총단 말이오?"

"네."

진양이 씁쓸히 웃으며 반문했다.

"지금쯤 그곳엔 사람도 없을 텐데 뭐하러 가오? 혈맹옥에 배신자 세 명만 갇혀 있을 뿐이오."

유설이 가만히 생각하다가 물었다.

"정말 곡 채주과 위 선배가 배신자라고 생각하시나요?"

"모르겠소. 하지만 곡 채주가 잡히고 나서부터 무림맹은 연승을 이어갔소. 뭐, 이제는 나와 상관없는 일이 아니겠소. 그들의 처리도 무림맹에서 알아서 진행하겠지."

"그래도 무림맹 총단으로 가서 짐은 챙겨와야죠? 그리고 전 아직 무림맹 총단이 어떤 모습인지 구경도 하지 못한걸요? 우리 함께 다녀와요."

유설이 애교 섞인 목소리로 말을 하자, 진양은 차마 거절할 수가 없었다.

그리고 유설이 자신의 기분을 전환시키기 위해 이러한 계획을 세웠다는 것도 잘 알고 있었기에 고개를 끄덕이며 말했다

"좋소. 가봅시다."

"잘 생각하셨어요."

유설이 활짝 웃었다.

진양은 다음날 구화산으로 향했다.

가져올 짐을 생각해서 그는 전학수와 진승, 그리고 사상이 괴도 함께 갈 것을 제안했다. 그리고 진양의 수제자인 진운생도 함께 여행길에 올랐다.

어느새 약관을 넘긴 진운생은 제법 준수한 청년의 풍모를 풍기고 있었다.

특히 진운생은 요즘 부쩍 우울해진 진양을 위해 쉼없이 떠들었다.

그렇게 며칠이 지난 뒤 진양 일행은 구화산의 무림맹 총단에 들어설 수 있었다.

진양의 예상대로 총단에는 최소한의 인원만이 남고, 모두 운태산으로 떠난 뒤였다.

진양은 본당의 대청으로 들어가다가 문득 한쪽 벽에 걸린 커다란 글씨를 보고 중얼거렸다.

天下泰平.

"천하태평이라……."

마침 대청 안에서 걸어나오던 시종이 진양을 보고 반갑게
맞이했다.

"맹주님 오셨습니까?"

"잘 지냈는가?"

진양이 부드럽게 웃으며 물었다.

시종이 고개를 조아리며 말했다.

"운태산으로 가시지 않고 어찌 이곳으로 오셨는지요?"

"그저 내 짐을 찾으러 왔네."

"그렇군요. 맹주님의 물건들은 아무도 손대지 않았으니,
안심하십시오."

"고맙네."

진양은 부드럽게 웃으며 말했다.

그때 등 뒤에 있던 진운생이 벽에 걸린 글씨에서 눈을 떼지
못한 채 말했다.

"사부님, 정말 대단한 글씨입니다. 저 글씨 역시 사부님이
직접 쓰신 건지요?"

"내가 쓴 것은 아니다. 운생아, 저 글씨가 어떻게 보이느냐?"

"사부님 외에 이처럼 훌륭한 글씨를 쓰는 자는 본 적이 없는 것 같습니다. 필획이 조화롭고 흘러가는 모양새가 무척이나 아름답습니다. 과연 신필이 아닌가 생각합니다."

진양이 빙그레 웃으며 말했다.

"그토록 글을 쓰고 보았으면서도 아직도 모르겠느냐?"

"네?"

"이 글씨는 무척 잘 쓴 것이지만, 뜻을 담는 것에는 실패했다. 실제로 글씨와 뜻이 일체하지 않으니, 이는 일상생활에서 언행일치가 되지 않는 것과 다를 바가 없느니라. 아무리 악필이라고 할지라도 글자와 마음이 일치한다면 혼이 담긴 명필이 되는 것이다. 그러니 겉으로 보이는 형상에만 치우쳐 기교에만 능할 것이 아니라, 붓을 들기 전의 마음가짐이 매우 중요한 것이다."

"아… 명심하겠습니다."

그러자 가만히 듣고만 있던 시종이 고개를 갸웃거리고는 말했다.

"이상하군요. 이 글을 쓰신 분은 평생 정의를 위해서 싸워 오셨고, 천하태평을 위해 노력하신 분인데요. 어째서 글자에 뜻이 담기지 않았다는 건지요?"

진양이 고개를 갸웃거리고는 물었다.

"흐음. 이 글을 적은 자가 누구인지 아는가?"

"예, 바로 개방의 추 방주님이십니다."

"……!"

순간 진양은 들고 있던 수호필을 떨어뜨릴 뻔했다.

그는 추방산이 얼마나 글씨를 수려하게 쓰는지 잘 알고 있었다.

일전에 개방을 방문했을 때, 추방산이 직접 글을 써서 보여주지 않았던가.

그 정도의 서예 실력이라면 글씨를 쓸 때 충분히 뜻을 담아낼 수 있었다.

하지만 지금 이 '천하태평'이라는 글씨에서는 그의 뜻을 전혀 읽을 수가 없었다. 아니, 오히려 냉소적인 분위기마저 풍겨 나오고 있었다.

범인이라면 이 미묘하고도 애매한 차이를 눈치채기 힘들겠지만, 오랫동안 서예만 연구하며 살아온 진양은 단박에 그 차이를 알아챌 수 있었다.

'이상하군. 추 방주라면 이런 글은 적지 않을 텐데…….'

진양은 미간을 잔뜩 좁히고 생각에 잠겼다.

진양이 돌연 심각하게 굳어지니, 주변 사람들도 덩달아 조심스러워져 함부로 말을 내뱉지 못했다.

'추 방주께서 어찌 이런 껍데기뿐인 글을 적었단 말인가? 이건 둘 중 하나다. 실제로 저 글을 적은 자가 추 방주가 아니

거나, 추 방주의 마음에 저러한 뜻이 없거나.'

생각을 마친 진양은 시종을 다시 다그쳐 물었다.

"틀림없는가? 이 글을 정말 추 방주께서 직접 적으셨단 말인가?"

"물론입지요. 제가 두 눈으로 똑똑히 보았는걸요."

시종의 목소리를 들은 진양은 표정이 더욱 딱딱하게 굳어버렸다.

곁에 선 유설이 걱정스런 목소리로 물었다.

"당신… 왜 그러세요?"

"잠시만… 생각을 좀 해보아야겠소."

진양은 천천히 걸음을 옮겨 의자에 앉았다.

그는 본능적으로 무언가 크게 잘못됐다는 것을 직감했다.

갑자기 정화의 이야기가 떠올랐다.

그는 당시 무림맹에 간자가 있다는 것을 시사하지 않았던가.

그래서 진양은 혈사채주인 곡전풍과 위사령, 조전을 잡아들였다.

한데 정말 그들이 배신자가 분명한가?

그들을 배신자로 내몰았던 사람이 누구였나?

바로 추방산이었다.

진양은 점점 두려운 생각이 들었다.

그는 기억을 더듬어 작년 남경의 분타에서 추방산을 만났을 때의 상황을 되새겨 보았다.

당시 추방산은 두 개의 단어를 붓으로 적었다.

바로 '투지'와 '신뢰'였다.

그런데 '투지'라는 글자에서는 그 뜻이 명백하게 전달되었으나, '신뢰'라는 글자에서는 그 뜻이 무척 희미하지 않았던가?

그리고 남창에서 맹지덕 장로가 사당에서 죽었을 때도 추방산이 그 자리에 있지 않았던가.

그뿐 아니라, 다음날 갈지첨이 죽었을 때도 돌이켜 생각해 보면 이상한 점이 한둘이 아니었다.

그 당시 유일하게 살아남은 자는 추방산이었다.

갈지첨의 시신은 금방 죽은 사람이라고 보기 힘들었다.

그때 추방산이 뭐라고 했던가?

척금송에게 장법을 맞아서 시신이 빠르게 부패한 것이라고 하지 않았던가?

그때는 그 말을 아무런 의심을 하지 않고 믿었다.

그런데 지금 생각해 보니 이상하다.

더구나 갈지첨의 결정적 사인은 바로 검상이었다. 그 전날 죽었던 맹지덕 장로가 검법에 뛰어난 자라고 했던가?

여기까지 생각이 미친 진양은 벌떡 일어나서 시종을 향해 물었다.

"총단에 남아 있는 무인 중에 청성파 사람이 있는가?"

"예, 정백당(淨白堂)에 가시면 청성파 무인 두 분이 계십니다."

진양은 곧장 정백당으로 달려갔다.

"부맥장이요?"

머리에 청색 두건을 두른 무인이 고개를 갸웃거리며 옆에 서 있는 동료를 바라보았다.

하지만 옆에 선 무인 역시 처음 듣는다는 듯 고개를 갸웃거렸다.

"들어본 적이 없습니다."

그 말에 진양이 재차 다그쳤다.

"잘 생각해 보시오. 분명히 부맥장이라고 했소. 척 장로가 개발한 장법으로, 몸에 맞으면 신체가 빠르게 썩어가는 장법이라고 했소."

두 무인은 연신 고개를 저었다.

"정말 모르겠습니다, 맹주님. 저희는 금시초문이군요. 하지만 척 장로님이 홀로 개발했다면 저희도 모를 수 있겠지요."

두건 쓴 사내가 말하자, 옆에 선 무인이 그마저도 부정했다.

"아닐세. 척 장로님은 새로운 무공을 연마하시면 늘 말씀을 하시는 성품일세. 그분이 그런 무시무시한 장법을 연마하고도 가만 계실 리가 있겠는가?"

"하긴 그도 그렇군. 어쨌거나 저희는 잘 모르겠습니다. 죄송합니다, 맹주님."

진양은 천천히 고개를 끄덕이고는 몸을 돌렸다.

진양은 다시 본당의 대청으로 돌아와 의자에 주저앉았다.

"뭔가 크게 잘못 돌아가고 있다는 생각이 드는구려."

그의 말에 유설이 걱정 가득한 얼굴로 물었다.

"왜 그러세요?"

"내가 큰 실수를 한 게 아닌지 두렵소."

"도대체 무슨 일 때문에 그러세요? 말씀을 해주셔야 알지요."

유설이 답답한 마음에 대답을 재촉했다.

그때였다.

조금 전에 나갔던 시종이 헐레벌떡 달려왔다.

"맹주님! 신필문에서 사람이 찾아왔습니다!"

진양이 벌떡 일어나며 반문했다.

"신필문에서? 그게 무슨 말이오?"

"그분이 지금 맹주님을 급히 찾고 계십니다."

그런데 시종의 말이 끝맺어지기도 전에 누군가 대청 안으로 불쑥 뛰어들어 왔다.

"문주님! 여기 계셨군요!"

진양이 깜짝 놀라며 바라보니 그는 다름 아닌 무이오도 중이도귀였다.

"아니, 여긴 어쩐 일이오? 가 당주를 찾아오라고 한 것은 어찌 됐소?"

"가 당주를 찾았습니다! 대별산으로 돌아가던 길에 문주님께서 총단으로 오셨다는 소식을 듣고 이곳으로 왔습니다. 그보다 큰일이 났습니다. 문주님!"

"무슨 말씀이시오?"

"가 당주가 말하길, 개방의 추 방주가……."

"추 방주가?"

"천의교 교주라고……."

"뭣이?"

진양이 비명처럼 소리쳤다.

주위의 다른 사람들도 너무 놀라서 입을 척 벌린 채 다물 줄을 몰랐다.

시종은 아예 그 자리에서 허물어지듯 주저앉아 버렸다.

"그게 무슨 말이오?"

"모든 사실을 가 당주로부터 들었습니다."

"가 당주는 지금 어디에 있소?"

"이곳으로 오는 중입니다. 제가 먼저 달려와 문주님께 보고드리는 것입니다."

"당장 나를 안내하시오!"

"예, 문주님!"

이도귀가 앞장서자, 진양은 그를 따라 나는 듯이 달려갔다.

구화산 아랫자락에 다다르자 무이오도와 죽반승이 마차 한 대를 몰고 오는 것이 보였다.

그들은 진양을 보자마자 멈춰 서서 예를 갖췄다.

"문주님을 뵙습니다!"

"가 당주는 어디에 있소?"

진양의 물음에 일도귀가 성큼성큼 걸어가서 마차의 문을 열어 보였다. 그곳에 가신풍이 누워 있었는데, 온몸의 뼈마디가 부러져 제대로 몸을 가누지도 못하고 있었다.

가신풍은 진양을 보자마자 빙그레 웃으며 말했다.

"일어나서 인사 드려야 마땅한데 무례를 용서하십시오, 문주님."

"가, 가 당주!"

진양은 왈칵 눈물이 나오려고 했다.

그는 곧 감정을 추스른 후 물었다.

"방금 이도귀에게 이상한 말을 들었소. 도대체 어찌 된 것이오?"

"들으신 대로입니다. 우리가 추방산에게 속았던 것입니다. 추방산은 천의교 교주였습니다."

"그럴 리가 있겠소? 추방산은 무림맹을 이끌고 천의교를 쳐서 이기지 않았소?"

"아닙니다. 무림맹에서 살아남은 자는 처음부터 추방산을 추종하는 천의교 신도입니다. 개방 내에서도 그를 따르는 자들 상당수가 천의교 신도입니다. 그리고 위교이왕은 죽지 않았습니다. 봉 장로님과 구 장로님 모두 추방산과 위교이왕에게 살해당하셨습니다."

"그런……!"

진양이 비틀거리며 물러났다.

정신적 충격이 너무 크다 보니 몸이 벌벌 떨릴 지경이었다.

가신풍이 계속해서 말을 이었다.

"천의교는 아주 오래전부터 무림을 장악하기 위해 음모를 꾸며왔습니다. 추방산은 벌써 십수 년 전부터 신도들과 함께 개방으로 들어가서 꾸준히 인지도를 쌓았고, 방주의 자리까지 차지한 것이지요."

"그게 정녕 사실이란 말이오?"

"그렇습니다. 그는 제가 죽을 거라고 확신하고 모든 것을 스스로 말해주었으니까요."

"어떻게 그런 일이……!"

"그는 문주님 측근에 머물면서 지속적으로 우리를 관찰했습니다. 그리고 건문제와 연결되어 있다는 것을 알아채고, 운태산을 총공격하기 전에 황궁에 건문제의 위치를 알려주었지요. 그리고 문주님이 건문제를 찾아갈 수밖에 없도록 만든 것입니다."

"하지만… 그는 갈지첨을 죽이지 않았소?"

"그 또한 제가 물어보았습니다."

가신풍은 당시의 상황을 떠올렸다.

뒤로 서너 걸음만 물러나면 까마득한 낭떠러지가 기다리고 있었다.

더 이상 가신풍이 물러날 곳은 없었다.

그는 한쪽에 쓰러진 봉상탁의 시신을 바라보았다.

두 눈으로 보면서도 믿기가 힘들었다.

그토록 믿고 함께 지냈던 추방산이 천의교 교주라니!

"추방산! 네놈이 우리를 속였구나!"

"요즘 세상에 속이는 것이 나쁘다고 할 수 있겠는가? 속는 것이 나쁜 것이지. 끌끌."

추방산이 비릿한 웃음을 흘렸다.

그의 좌우에는 마천강과 범릉이 서 있었다.

가신풍이 어금니를 빠득 씹으며 말했다.

"갈지첨은 어찌 된 것이지?"

"죽는 마당에 궁금한 것도 많군. 이야기해 주지. 갈지첨은 사실 우리가 흑석곡으로 찾아가기 하루 전에 맹지덕이 죽인 것이다. 그리고 나는 그날 맹지덕을 죽였지. 클클클."

"맹 장로가……! 맹 장로는 어째서……."

"맹지덕은 내가 개방의 방주가 되는 것을 극구 반대한 인물이었다. 그는 내 존재를 줄곧 의심했었지. 그리고 갈지첨을 추궁하면서 내가 천의교 교주라는 사실을 알아낸 것이다. 그날 밤 맹지덕은 양 맹주를 만나서 이 사실을 알리려고 했지만, 결국 내게 먼저 죽은 것이다."

"그럴 수가… 맹 장로가……."

"클클클. 또 궁금한 게 있는가? 죽이기 전에 아량을 베풀 용의는 있다네."

"하면 개방의 무인들 상당수가 천의교 신도란 말인가? 언제부터 그렇게 많은 신도를 개방에 심었단 말인가?"

"이미 십수 년이나 됐다. 그리고 본교는 자금력이 막강하다는 사실을 자네도 알고 있을 텐데? 세상에 돈으로 해결되지 않는 것은 없다네."

"하면 항산에서 있었던 일도……."

"물론. 혈사채는 내가 허위 정보를 흘린 것이다. 과거에 천의교와 손을 잡았으면서도 무림맹에 붙은 것이 괘씸하여 손을 썼지. 클클클."

"이 죽일… 놈."

"질문은 끝인가?"

추방산이 이죽거리며 물었다.

가신풍은 주먹을 꾹 말아 쥐었다.

아무리 궁리를 해보아도 이 위기에서 빠져나갈 방법이 없었다.

단 하나, 이곳에서 뛰어내린다면 어떨까?

추방산과 위교이왕을 상대로 싸우는 것보단 살 확률이 높지 않을까?

결심을 굳힌 가신풍은 그대로 몸을 날렸다.

그의 몸이 순간 허공에 붕 떠올랐다가 빠르게 사라졌다.

추방산은 어느 정도 예상하고 있었기에 놀라지 않았다.

그는 절벽 끝자락에 다가와서 까마득한 낭떠러지 아래를 바라보며 혀를 끌끌 찼다.

"쯧쯧. 미련한. 차라리 목숨을 구걸하면 살려주었을지도 모르는 것을."

이야기를 들은 진양은 수호필을 꽉 말아 쥐었다.

그의 손이 부들부들 떨리고 있었다.

"그때 맹지덕 장로가 내게 한 말이 무엇인지 이제 알겠군."

맹지덕 장로는 진양에게 '내가… 죽였… 방주……' 라고 말을 남겼다.

이는 분명 '내가 갈지첨을 죽였다. 방주가 나를 죽이려고 한다' 는 말을 하려던 것일 터였다.

가신풍의 이야기를 모두 듣고 나니 그동안 풀리지 않았던 수수께끼 같은 일들의 전말을 모두 알 수 있었다.

진양이 나직이 중얼거렸다.

"그럼 이번 취임식은 추방산이 파놓은 함정이로군."

"취임식은 언제입니까?"

"내일 저녁쯤이 될 것이오."

"막아야 합니다, 문주님!"

"하지만 이미 행사를 막기엔 너무 늦었소. 운태산으로 전서구를 보낸다고 하더라도 천의교 무리들이 먼저 보고 오히려 우리가 찾아갈 것을 방비할 가능성이 크오. 그러니 최대한 서둘러 가는 수밖에 없겠소. 쉬지 않고 달려간다면 제때에 도착할 수 있을지도 모르겠구려."

진양은 주위를 둘러보며 말했다.

"우선 가 당주를 안전하게 옮기시오. 그리고 일도귀는 무림맹 총단에 남아 있는 모든 무인들을 대청으로 모이게 하시오."

"알겠습니다, 문주님."

일도귀가 큰 목소리로 대답했다.

진양은 우선 혈맹옥에 갇힌 혈사채 무인들을 모두 석방시켜 주었다.

"제가 불초하여 애꿎은 세 분을 옥에 가두었습니다. 입이 열 개라도 할 말이 없습니다. 어찌 사죄를 드려야 할지……."

곡전풍이 껄껄 웃었다.

"허허, 살다 보면 누구나 실수를 할 수도 있는 법. 이제나마 오해가 풀려서 다행이오."

진양은 거듭 사죄하면서 그동안의 일을 설명해 주었다. 그리고 현재 추방산이 강호 영웅들을 한자리에 모아 처리하려는 음모를 꾸미고 있다는 것을 알렸다.

이야기를 모두 들은 위사령이 성을 냈다.

"그 추악한 영감탱이가 역시 배신자였군! 아니, 배신이 아니라 처음부터 우릴 속인 것이군!"

그는 자신을 믿지 못한 진양에게도 섭섭한 감정이 남아 있는 듯했다.

그가 진양을 보며 툭 쏘듯이 말했다.

"어떻소? 이래도 우리를 믿지 못하겠소?"

"위 부장님, 정말 죄송했습니다. 제 불찰을 용서하십시오. 급한 문제가 끝나면 차후에 다시 찾아뵙고 용서를 구하겠습니다."

"쳇! 번거롭게 무슨 용서를 또 구한단 말이오? 됐소이다. 그나저나 그 추악한 영감탱이는 지금 어디에 있는 거요? 운태산으로 가면 있는 거요?"

위사령의 말투는 내내 투박했지만, 진양은 그가 이미 자신을 용서했다는 것을 느낄 수 있었다.

진양이 빙그레 웃으며 말했다.

"운태산에 있습니다. 내일 저녁에 식이 거행되는데, 아마 그때 일을 저지를 것으로 보입니다."

"그럼 이러고 있을 시간이 없지 않소! 당장 갑시다!"

위사령이 당장에라도 달려갈 듯 말했다.

진양은 우선 그를 진정시킨 후, 무림맹에 남은 무인들 중 발이 빠른 자들을 선별했다.

그리고 구화산에서 비교적 가까운 곳의 문파나 방파를 찾아가서 사정을 설명한 후 지원 요청을 하도록 지시했다.

그런 뒤 진양은 일행을 이끌고 말을 타고 운태산으로 내달렸다.

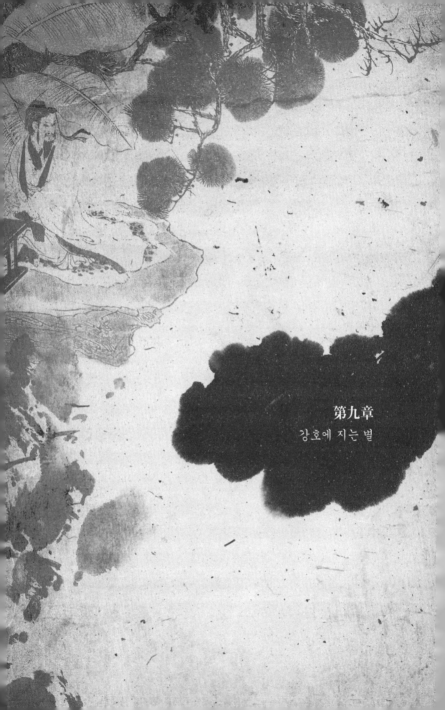

第九章

강호에 지는 별

運太山 정상에 위치한 천의교 총단.

무림맹주의 취임식이 벌어지는 이곳에 수많은 무인들이 북적였다.

이제 이곳 입구에는 정의맹(正意盟) 분타라는 편액이 커다랗게 내걸렸고, 가장 안쪽의 천의당(天意堂) 역시 정의당(正意堂)이라는 이름으로 바뀌어 있었다.

맹주의 취임식이 총단에서 이뤄지지 않고 운태산에서 이뤄지는 것은, 이곳에서 천의교를 멸살시킨 것을 기념하기 위해서였다.

추방산은 정의당 대청에 홀로 앉아서 차를 들이켜고 있었다.

평소 자상해 보이던 인상과 달리 홀로 앉아 있는 그의 표정은 몹시 냉혹한 군주의 그것과 닮아 있었다. 찻잔을 내려놓은 그가 차디찬 조소를 머금으며 말했다.

"찻물이 달군. 차가 달아. 클클."

만약 누군가 이 모습을 보았다면 저도 모르게 양 팔뚝을 쓸어내렸으리라.

그만큼 지금 그의 모습은 몹시 음산하고 냉혹해 보였다.

잠시 후 대청 문이 열리더니 파천일왕 마천강이 들어왔다.

이미 죽었어야 할 그가 태연히 개방의 방주 앞에 나타났으니 어찌 놀랄 일이 아니겠는가.

하지만 추방산은 아무렇지도 않은 듯 말했다.

"무슨 일인가?"

"폭뢰옹(暴雷翁)이 왔습니다, 교주님."

"클클. 들여보내라."

"예."

마천강이 공손히 대답하고는 돌아갔다.

지금쯤 정의당 바깥에 모여 있는 무인들이 이 광경을 보았다면 당장 입에 거품을 물며 칼을 뽑아 들었으리라.

잠시 후 키가 땅딸막한 노인이 대청 안으로 들어왔다.

노인은 허연 머리카락을 무릎까지 치렁치렁 기르고 있었는데, 그 모습이 흡사 백발의 귀신을 연상케 할 정도로 괴이했다.

노인은 개구리처럼 툭 불거져 나온 눈알을 뒤룩뒤룩 굴리며 말했다.

"작, 작업이 끝, 끝났습니다. 교, 교주님. 켈켈켈."

말을 뱉는 폭뢰옹은 마치 잔뜩 겁을 먹고 있는 사람처럼 안절부절못했고, 말까지 심하게 더듬었다.

하지만 피식피식 웃음까지 흘리는 걸 보면 정말 겁을 먹은 것이 아니라 선천적인 특징인 듯했다.

"수고했네."

"켈켈, 잔, 잔치는 언, 언제 시작 하, 하는지요?"

"연회가 시작되는 것과 동시에. 그때 진짜 잔치를 시작하는 거지."

"켈켈켈! 알, 알겠습니다."

"그때까지 다른 자들의 눈에 띄어서는 안 될 것이야."

"물, 물론입지요! 켈, 켈켈."

"그럼 잘 숨어 있게."

"예, 예."

폭뢰옹은 허리를 굽실거리고는 대청을 나갔다.

홀로 남은 추방산은 다시 탁자로 걸어가서 차를 마셨다. 그가 차 한 잔을 다 마실 때쯤이 되자, 거지 한 명이 들어왔다.

그 역시 개방의 제자로 위장한 천의교 신도라는 것을 아무도 몰랐을 것이다.

"교주님, 모든 준비가 끝났습니다."

"클클. 슬슬 나가볼까?"

추방산이 자리에서 일어났다.

정의당 앞마당에는 단상이 마련되어 있었다. 그리고 그 앞으로는 탁자와 의자를 배치해 많은 무인들이 술과 음식을 즐길 수 있도록 마련해 두었다.

추방산이 정의당 문을 열고 나오자, 모인 무인들이 저마다 환호성을 지르며 맞이했다.

특히 정도 문파의 무인들은 추방산을 극찬하며 우레와 같은 박수를 보냈다.

추방산은 손을 들어 답례를 해 보이고는 단상으로 올라섰다.

그는 먼저 이번 천의교와의 전쟁으로 인해 명예롭게 죽은 무림맹의 무인들을 위해 추도식을 가졌다. 무인들 모두 숙연한 자세로 고개를 숙이고는 죽은 이들을 떠올리며 추모했다.

추모가 끝난 후 추방산은 지금까지 천의교를 몰아내기 위해 얼마나 힘든 여정을 겪었는지 간략하게 언급했다. 그리고 앞으로 정의맹을 이끌어 무림의 평화를 지키겠노라 맹세했다.

그의 짧은 연설이 끝나자 사람들은 다시 환호성을 터뜨렸다.

추방산이 손을 들어 보인 후 말했다.

"오늘은 기쁜 날입니다. 이곳에 모이신 여러 영웅 대협께서는 지금 이 순간을 마음껏 즐기시길 바랍니다."

그가 마지막 인사를 하고 내려오자, 사람들은 본격적으로 술을 마시며 연회를 즐기기 시작했다.

추방산은 단상을 내려오고 나서도 여러 무인과 일일이 악수를 하며 인사를 나누었다.

"저는 잠시 옷을 갈아입고 나오겠습니다."

추방산은 사람들에게 양해를 구한 후 정의당으로 들어갔다.

그가 돌아간 직후,

꽈앙! 꽈광! 쾅! 쾅!

정의당 앞마당에 연이은 대폭발이 일어났다.

순식간에 주변 건물에 불길이 타오르고, 연기가 자욱하게 번졌으며 사방에 피가 튀고 살점이 튀었다. 밤하늘에 비명성이 가득 차올랐다.

운태산을 오르던 진양은 갑자기 들린 뇌성에 걸음을 우뚝 멈추었다.

그의 뒤를 따르던 무인들 모두가 새파랗게 질린 얼굴로 서로를 바라보았다.

"이 소리는……!"

위사령이 떨리는 목소리로 입을 열었다.

모두들 하늘을 올려다보았다.

어두운 밤이었지만, 별과 달이 빛나는 맑은 하늘이었다.

마른하늘에 날벼락이 칠 리는 없지 않은가.

"정상에서 들린 소리인 듯합니다."

"벌써 일이 벌어진 모양이군!"

진양의 말에 위사령이 칼을 콱 움켜쥐며 소리쳤다.

진양이 말에서 뛰어내려 빠르게 달렸다.

"서둘러야겠습니다!"

그의 뒤로 무인들이 저마다 말에서 뛰어내려 경공을 펼쳐 달리기 시작했다.

정상이 보일 때쯤 진양은 밤하늘을 부옇게 채우고 있는 연기를 볼 수 있었다.

"이 쳐 죽일 놈들! 폭약을 설치했던 모양이오!"

위사령의 말에 진양이 고개를 끄덕였다.

"아무래도 모여 있는 다수를 가장 손쉽게 제거할 수 있는 방법이라면 그게 가장 좋았겠지요. 인명피해가 별로 없어야 할 터인데……."

진양은 말을 하면서도 별로 기대하지는 않는 표정이었다.

산 아래에서도 그 울림을 느낄 수 있을 정도로 큰 폭발이었다.

그런 폭발이라면 보나마나 어마어마한 사상자가 발생했을 것이다.

뿐만 아니라 지금쯤이면 개방으로 위장하고 있던 천의교 신도들이 본색을 드러냈을 것이고, 죽은 척하던 위교이왕과 곽연까지 나타났을 것이다.

진양은 부지런히 걸음을 놀려 정상으로 올라갔다.

한참을 올라가다 보니 돌을 깎아 만든 계단에 아무렇게나 널브러져 있는 편액이 보였다.

'정의맹'이라고 적힌 그 편액은 두 조각으로 나누어져 있었다.

그가 입구에 다다르자 안쪽에서 병장기 부딪치는 소리와 성난 고함 소리가 뒤섞여 들려왔다.

진양은 더 이상 생각할 것도 없이 건물 안으로 달려들어갔다.

그가 가는 곳마다 시체가 널려 있었다.

대부분의 시체는 몸과 팔다리가 분리되어 따로따로 나뒹굴고 있었다.

진양은 마침내 정의당 앞에 다다랐다.

마당은 그야말로 시산혈해를 이루고 있었다.

그리고 그 시체를 밟아가며 싸우는 무리들이 있었다.

바로 천상련의 풍천익과 소림의 혜방 선사, 그리고 무당의 호연각이었다. 그 외에도 몇몇 무인들이 더 있었지만 대부분 쓰러지기 일보 직전이었다.

그나마 내공이 높은 자들이 그 폭발 속에서도 호체신공을 발휘해 죽지 않고 살아남았던 것이다.

하지만 피부가 타고 벗겨져 멀쩡한 사람은 단 한 사람도 없었다.

오로지 그들과 맞서 싸우는 천의교 신도들과 추방산을 비롯한 위교이왕과 곽연만이 사지육신 멀쩡해 보였다.

"추방산!"

진양이 노호성을 터뜨리며 단번에 날아갔다.

진양이 수호필을 수직으로 내려치자 마치 벼락이 치듯 강맹한 기운이 터져 나왔다.

꽈르르릉!

"크읏!"

추방산이 비명을 터뜨리며 뒤로 주춤 물러났다.

갑작스런 진양의 등장에 천의교 신도들은 당혹감을 감추지 못하는 듯했다.

반면 풍천익을 비롯한 무림맹의 무인들은 더욱 사기가 치솟았다.

"양아, 왔구나!"

풍천익은 반갑고 기쁜 마음에 전 맹주에 대한 예의도 잊은 채 어릴 적 그를 대하듯 불렀다.

진양이 수호필을 고쳐 쥐며 대답했다.

"예, 늦어서 정말 죄송합니다."

"클클. 그래도 온 게 어디냐? 아주 늦지 않아서 다행이다."

한편 추방산은 눈썹을 성큼 치켜 올리고는 소리쳤다.

"어떻게 이곳에 온 것인가?"

"비록 늦었지만 당신이 꾸민 음모는 모두 알았소! 더 이상 당신의 계략대로 되지만은 않을 것이오."

"흥! 이미 늦었다! 이놈부터 쳐라!"

추방산이 발악하듯 소리치자, 곽연과 위교이왕이 한꺼번에 진양을 향해 달려들었다.

그 순간 곡전풍이 불쑥 나타나더니 곽연의 복부에 장력을 날렸다.

깜짝 놀란 곽연이 뒤로 훌쩍 물러나며 피했다.

또한 위사령과 조전은 마천강에게 검과 도를 휘두르며 쇄도했고, 유설과 무이오도, 죽반승 등은 범릉에게 달려들어 저마다 무기를 휘둘렀다.

상황이 여의치 않자 추방산은 직접 타구봉을 들고 진양에게 쇄도해 들어왔다.

그가 양손에 공력을 잔뜩 실은 채 타구봉을 내려치자, 조금 전 진양이 내려친 수호필만큼이나 어마어마한 위력이 발생했다.

쫘장!

진양이 물러선 빈자리가 움푹 파이면서 사방으로 파편이 튀어 올랐다.

범인이라면 그 파편만 맞고도 충분히 목숨의 위협을 느낄 정도였다.

추방산은 진양에게 숨 돌릴 틈도 주지 않고 재차 쇄도해 들어갔다.

연이은 기습에 진양은 계속 물러날 수밖에 없었다.

추방산의 무공은 개방의 타구봉법과 천의교의 무공이 뒤섞여 굉장히 기기묘묘했는데, 지켜보는 자들은 눈알이 핑글핑글 돌 만큼 어지러웠다.

그러던 어느 순간 추방산이 거친 기합을 토해내며 타구봉을 내질렀다.

"하압!"

쒜에엑!

퍼억!

"컥!"

진양은 울컥 피를 토하며 뒤로 휘청 날아갔다.

내질러진 타구봉이 정확히 진양의 가슴을 격타한 것이다.

이어서 추방산이 각법을 연환식으로 펼치자, 진양은 속수무책으로 얻어맞을 수밖에 없었다.

멀찍이 날아간 진양은 정의당 문짝을 부수며 안마당까지 굴러갔다.

콰당탕!

진양의 입에서 쏟아져 나온 피가 수호필의 붓털을 축축하게 적셨다.

진양이 비틀거리며 일어나자, 추방산이 입꼬리를 치켜 올리며 말했다.

"양 장문, 그새 내게 받은 은혜를 잊었소?"

"은혜라니… 무슨 소리를……."

"허, 이래서 사람은 좋은 일을 해도 헛일이라니까. 예전 나는 그대의 수하인 흑표를 치료할 수 있도록 돕지 않았소? 연왕으로부터 쫓길 때 숨겨준 사실을 벌써 잊은 거요?"

그 순간 진양은 문득 잊고 있던 사실이 떠올랐다.

그 당시 개방에 머물 때, 개방의 제자들과 추방산이 밤중에 수군거리는 소리를 듣지 않았던가.

그때 진양이 다가가서 물으니, 가신풍이 위기에 처해 있어 도와줄 궁리를 한다고 했다.

지금 생각해 보면 정말이지 아찔한 순간이 아닌가.

진양이 추방산을 노려보며 말했다.

"가 당주가 위기에 빠졌던 날, 당신들은 그를 죽일 생각이었군!"

"클클클. 원래는 그랬지. 하지만 양 장문께서 우리 밀담을 엿듣는 바람에 계획이 틀어졌지 뭐요."

"이제 알겠군, 그날 밤 나와 가 당주가 숲에서 쫓길 때 당신이 나타나자마자 연왕의 병사들이 왜 회군을 했던 것인지. 개방의 위신 때문에 물러난 것이 아니라 바로 당신이 천의교 교주였기 때문이었어."

짝짝짝.

추방산이 박수를 치며 비릿한 웃음을 흘렸다.

"이제라도 알았으니 참으로 기특하구려. 어찌 됐든 나는 그대를 도운 것이니 은혜라고 할 수 있지 않겠소?"

"잘도 그런 말을……."

추방산이 여전히 웃음을 머금은 채 말했다.

"나는 그 당시 양 장문에게 어째서 원한을 품어도 모자랄 상대에게 은혜를 갚을 생각만 하냐고 물었잖소? 그때 양 장문께서는 이렇게 대답했지. 원한은 잊고 은혜만 기억하였기에 지금 이 자리에 있노라고. 그래서 나는 그랬지. 그 마음을 잊지 말라고 말이오. 양 장문, 내게 원한이 있더라도 그건 잊어버리고 내게 받은 은혜만을 생각하시오. 만약 그렇게만 해준다면 내가 강호를 장악하게 되더라도 신필문만큼은 일절 건드리지 않겠소. 그동안 쌓인 정을 봐서라도 말이오."

그의 말에 진양은 분노로 전신을 바르르 떨었다.

반면 추방산은 진양이 그처럼 분에 차오르는 모습을 즐기는 듯 보고 있었다.

그런데 다음 순간, 진양의 눈빛이 극히 차분해졌다.

뿐만 아니라 꽉 말아 쥔 채 들어 올렸던 수호필을 아래로 척 내려놓는 것이 아닌가.

추방산이 눈을 빛내며 물었다.

"호오, 내 제안을 받아들인 거요?"

진양이 착 가라앉은 목소리로 반문했다.

"그 약속을 어찌 믿을 수 있겠소?"

"음? 무슨 약속을 말이오?"

"신필문을 건드리지 않겠다는 것 말이오."

순간 추방산의 표정이 대번에 밝아졌다.

"내가 말하지 않았소? 만약 그대가 여기서 더 이상 방해하지 않고 물러나 주기만 한다면, 절대 신필문을 건드리지 않겠다고 말이오."

진양이 천천히 고개를 들고 추방산을 바라보았다.

그의 입가에 조소가 서려 있었다.

그제야 추방산은 진양이 자신의 말을 믿지 않는다는 것을 눈치챌 수 있었다.

진양이 입을 열었다.

"그 말은 믿을 수가 없소."

"어째서?"

"과거 당신이 적은 '신뢰'라는 글자에는 진심이 묻어 있지 않았으니까. 글은 진심이 묻어나야 진정한 명필이라고 할 수 있는 것이오. 내가 그 글자들을 어찌 써야 하는지 가르쳐 드리겠소!"

순간 진양의 눈빛이 번쩍 빛났다.

추방산은 본능적으로 물러나며 타구봉을 들었다.

순식간에 허공으로 도약한 진양은 수호필을 어지럽게 휘두르며 추방산에게 쇄도해 들어갔다.

진양이 수호필을 휘두를 때마다 붓털에 묻어 있던 시뻘건 핏물이 사방으로 튀며 획을 그었다.

따당! 꽝!

추방산이 타구봉을 들어 방어했지만, 진양의 힘이 어찌나 강맹한지 튕겨내는 것조차 불가능했다. 오히려 추방산이 연신 뒤로 물러나며 피할 수밖에 없었다.

"투(鬪)!"

진양이 고함을 내질렀다.

마침 추방산의 뒤로 놓인 벽과 바닥에는 붉은 핏칠이 커다랗게 새겨졌는데, 바로 '투(鬪)'라는 글자였다.

추방산은 진양의 힘을 이기지 못해 정의당 문을 부수며 뒤로 물러났다.

진양은 그대로 그를 쫓아 앞마당까지 나와 여전히 수호필을 휘둘렀다.

"지(志)!"

진양이 다시 외쳤다.

역시 이번에도 바닥에 튀어나간 핏물이 커다랗게 '지(志)' 자를 새겨놓고 있었다.

추방산은 갑자기 진양에게서 이만한 힘이 어디서 솟아난 것인지 알 수가 없었다.

그는 한 가지 사실을 간과하고 있었다.

진양은 글을 쓸 때만큼은 누구보다도 강한 필력을 자신한다는 것을.

진양은 무공을 사용하기 이전에 허공에 글을 쓰고 있는 것이었다.

이는 바로 과거에 장삼봉을 만났을 때, 그가 허공에 시를 새길 때와 같은 방식의 무공이었다.

이 순간 진양의 필력을 막아낼 수 있는 것은 아무것도 없었다.

"쳇!"

추방산이 몸을 훌쩍 날려 건물 지붕 위로 올라섰다.

마침 정의당 앞마당에서는 여전히 천의교 신도들과 무인들의 싸움이 한창 진행 중이었다.

다만 폭발에 휩쓸렸던 혜방 선사와 호연각, 풍천익 등은 한쪽에 물러나 다친 몸을 돌보고 있었다.

하지만 추방산은 그들에게 신경 쓸 겨를이 없었다.

어느새 그를 쫓아 올라온 진양이 다시 쇄도해 들어오며 소리쳤다.

"잘 보시오! '신뢰' 라는 글자는 이렇게 쓰는 것이오!"

쒜에엑!

진양이 수호필을 큼직하게 휘둘러 왔다.

동작은 컸으나 그 움직임은 몹시 빨라 추방산은 막을 생각도 못한 채 얼른 뒤로 굴렀다.

"신(信)!"

사악! 스윽!

"뢰(賴)!"

어느새 추방산의 옷은 걸레조각처럼 너덜너덜해졌다. 진양이 뿜어내고 있는 뜨끈하면서도 예리한 기운에 옷자락이 잘려 나가고 만 것이다.

도저히 감당하기가 힘들어지자, 추방산은 바닥으로 뛰어내렸다.

진양은 끈질기게 그를 쫓으며 소리쳤다.

"마지막으로 '천하태평'이오!"

"이익! 당하고만 있을까 보냐!"

벽을 등지고 선 추방산이 공력을 한껏 끌어올렸다.

두 사람의 기운이 마주 소용돌이치자 주변으로 강한 바람이 일어났다.

후끈한 기운이 사방으로 불어나가자, 싸움을 벌이고 있던 자들이 저마다 고개를 돌리고 두 사람을 구경했다.

"천하태평은 이렇게 쓰는 것이오!"

진양이 버럭 고함을 지르며 수호필을 휘둘렀다.

"어디 와보아라!"

추방산도 마주 소리치며 타구봉을 휘둘러 갔다.

두 사람의 무기가 서로 맞부딪칠 때마다 천둥벼락이 치는 소리가 울렸다.

꽝! 꽈자장! 꽈르르릉!

사방으로 불어나가는 강맹한 기운 때문에 주변 사람들은 제대로 눈도 뜨기 힘들 지경이었다.

더구나 잿더미가 풀풀 날려대니 더욱 싸우는 모습을 바로 볼 수가 없었다.

자욱한 먼지 속에서 얼마나 천둥소리가 울렸을까?

어느 순간 천둥이 치지 않았다.

번쩍이는 벼락도 보이지 않았다.

마당을 가득 메우고 있던 먼지가 서서히 걷히기 시작했다.

제일 먼저 벽을 바라보고 있는 진양의 모습이 보였다.

그가 입은 옷 역시 걸레조각처럼 너덜너덜 떨어지고, 군데 군데 보이는 살갗은 칼에 베인 듯 찢어져 피가 뚝뚝 떨어지고 있었다.

뿐만 아니라 팔과 다리에는 시퍼렇게 멍이 들어 있었다.

먼지가 조금 더 걷히자 이번에는 벽 앞에 선 추방산이 보였다.

추방산은 그 자리에 꼼짝도 하지 않은 채 서 있었는데, 그의 뒤로 보이는 벽에는 핏물로 새겨진 글씨가 보였다.

天下泰平.

'천하태평'이라는 글자 앞에 서 있던 추방산이 잔뜩 쉰 목소리로 입을 열었다.

"과연… 명필이로군."

말을 마친 추방산은 마치 살갗이 마른 논바닥처럼 쩍쩍 갈라지더니 분수처럼 피를 뿜어대기 시작했다.

그는 그대로 앞으로 쓰러져 다시는 움직이지 않았다.

이를 본 마천강과 범룡이 절규에 가까운 소리를 내지르며 달려왔다.

"교주님!"

마천강은 자신의 앞을 막는 무림맹의 무인들을 가차없이 베어버렸다.

언제나 미소를 짓고 있던 범룡도 지금만큼은 눈물을 흘리며 절규하고 있었다.

하지만 목숨을 건 사투에서 이성을 잃는 것만큼 위험한 것도 없다.

두 사람이 이성을 잃자, 진양 일행과 무림맹의 무인들에게는 두 번 다시 없을 절호의 기회였다.

그들은 일말의 동정도 베풀지 않고 마천강과 범룡에게 쇄도해 들어갔다.

"죽어랏!"

쐐엑! 쐐에엑!

사방에서 무기가 튀어나오자, 추방산에게 달려가려고만

하던 두 사람은 금방 상처를 입고 말았다.

"커억!"

온몸이 난자당한 마천강과 범륭은 이제 막무가내로 무기를 휘두르며 추방산에게 향했다. 그 둘의 몸부림이 자못 처절하게 느껴질 정도였다.

이미 패색이 짙어진 천의교 신도들은 저마다 무기를 버리고 투항하거나 산 아래로 줄행랑을 치고 말았다.

결국 진양 일행에게 둘러싸인 위교이왕은 전신을 난자당한 채 쓰러지고 말았다. 그 모습이 어찌나 처참한지 눈뜨고 봐주기가 힘들 정도였다.

결국 위교이왕은 오열하며 그렇게 죽어갔다.

그때 죽반승이 멀찍한 곳에서 소리쳤다.

"엇! 도망간다! 저기! 같이 죽지 않는다! 너도 와서 죽어야 한다!"

사람들이 고개를 돌려보니 곽연이 지붕을 타고 달아나는 것이 보였다.

"우리가 쫓아가겠소! 양 장문은 다친 자들을 돌봐주시오!"

혈사채주 곡전풍이 몸을 날리며 소리쳤다.

위사령과 조전이 그의 뒤를 바짝 따라붙었다.

진양은 만약을 대비해서 무이오도와 죽반승에게 혈사채 무인들을 따라가서 돕도록 지시했다.

그들이 떠나고 나서 가장 먼저 유설이 진양에게 다가와 물었다.

"괜찮으세요?"

"나는 괜찮소. 그보다 누이는 어떻소?"

"저도 괜찮아요."

유설이 빙그레 웃어 보이며 대답했다.

그때 풍천익과 혜방 선사, 그리고 호연각이 진양에게 다가왔다.

세 사람은 폭발에 휩쓸린 데다 바로 격한 싸움을 벌였기 때문인지 몹시 지친 듯했다.

풍천익이 벽에 새겨진 붉은 글씨를 보고 힘겹게 웃었다.

"내 평생 이처럼 훌륭한 글씨는 본 적이 없구나."

"풍 련주님께 배운 것이지요."

진양이 부드럽게 웃으며 대답하자, 풍천익은 한차례 기침을 하고는 마주 웃었다.

호연각도 다가와 진양을 칭찬했다.

"너무 늦지 않게 와주어서 참으로 다행이었소. 하마터면 우리 모두 큰일 날 뻔했소."

"아닙니다. 제가 불초하여 이런 위기가 생긴 것입니다. 후에 여러 영웅 앞에서 용서를 구하겠습니다."

"무슨 말씀을 그리하시오. 추방산이 천의교 교주였다는 사실은 어느 누구도 몰랐지 않았소. 그가 십 년이 넘도록 치밀하게 준비해 왔던 것이니, 그 사악한 계략이 그저 놀라울 뿐이오. 양 장문의 탓이 아니니 너무 괘념치 마시오."

"그리 생각해 주신다면 감사할 따름입니다. 폭음이 들렸을 때는 정말이지 가슴이 철렁 내려앉는 줄 알았습니다."

풍천익이 고개를 끄덕이며 대답했다.

"만약 혜방 선사가 아니었다면, 이 자리에 살아남은 자는 아무도 없었을 것이다. 선사께서 공력을 끌어올려 호신강기를 펼쳤기에 우리 모두 살 수 있었다. 그렇잖아도 연로하신데 몸이 상하시진 않았을지 모르겠구나."

"그랬군요. 혜방 선사께서 공력이 심후하다는 것은 알았지만, 그 정도일 줄은 정말 몰랐습니다."

진양은 새삼 혜방 선사의 순후한 내공에 감탄할 수밖에 없었다.

한편 혜방 선사는 쓰러진 추방산과 위교이왕에게 일일이 다가가 차분히 염불을 외고 있었다.

"아미타불……."

진양은 그런 그를 경외감 담긴 시선으로 바라보았다.

그때 풍천익이 물었다.

"한데 추방산이 천의교 교주라는 것을 어찌 알았느냐?"

"사실 처음에는 그가 남긴 글씨를 보고 뭔가 이상한 것을 느꼈지요. 그리고 갈지첨의 죽음이 조금 이상하다고 느끼던 차에 가 당주를 만났습니다."

"가 당주라면……?"

"무림맹에서 질풍대를 이끌던 가 대주를 말씀드린 겁니다."

"아……! 그가 살아 있었더냐?"

"전신의 뼈마디가 부러져 회복하려면 상당한 시일이 걸릴 것 같습니다만, 목숨은 잃지 않았습니다."

"불행 중 다행이로고."

진양은 가신풍에게 들은 이야기를 빠짐없이 전해주었다.

진양의 이야기를 들으며 풍천익과 호연각은 연신 울분을 금치 못해 씨근거리다가도 어느 순간 장탄식을 내뱉곤 했다.

모든 이야기를 들은 호연각이 추방산의 시신을 쏘아보며 말했다.

"그랬구려. 참으로 교활한 자였군."

"하나 그 의지만큼은 대단하구려. 십 년여 전부터 이 모든 계획을 세우고 준비해 왔으니……."

풍천익이 감탄조로 말을 하자, 호연각이 영 못마땅한 듯 대꾸했다.

"감탄할 일이 아닙니다, 풍 련주. 사파의 무인들도 오늘날 천의교의 패망을 가슴에 새겨야 할 것입니다."

"어찌 그렇소? 사파가 무슨 잘못이라도 저질렀소?"

역시 정과 사는 대립할 수밖에 없는 것인가.

천의교가 사라진 지 겨우 얼마나 되었다고 호연각과 풍천익의 사이에는 냉랭한 기류가 흘렀다.

그때 마침 유설이 다가왔다.

"선사님이 좀 이상하지 않아요?"

그제야 진양을 비롯한 세 사람이 고개를 돌리고 혜방 선사를 바라보았다.

혜방 선사는 마소장왕 범릉 앞에 멈춰 서 있었는데, 조금 전 염불을 외는 자세로 꼼짝도 하지 않고 있었다.

첨엔 여전히 염불을 외고 있는 것이려니 생각했으나, 네 사람이 꾸준히 지켜보는 중에도 혜방 선사는 손끝 하나 까딱하지 않았다.

뭔가 이상한 것을 느낀 진양이 그에게 다가갔다.

"선사님."

"……."

"선사님?"

혜방 선사는 여전히 고개도 돌리지 않은 채 돌처럼 굳어 있었다.

진양이 조심스럽게 그의 앞으로 다가가 보니, 혜방 선사는 염주를 쥔 채 눈을 내리감고 있었다.

순간 이상한 생각이 든 진양은 얼른 그의 팔을 잡고 불렀다.

"선사님!"

하지만 역시나 혜방 선사는 대답이 없었다.

대신 몸이 기우뚱 기울어지는가 싶더니 그대로 쓰러지는 것이 아닌가.

진양이 깜짝 놀라며 그를 부축했다.

그제야 지켜보던 사람들도 우르르 달려왔다.

호연각이 경악해서 소리쳤다.

"무슨 일이오?"

"모르겠습니다. 선사께서… 선사께서……."

진양은 믿을 수 없는 현실에 목소리마저 떨려왔다.

그가 얼른 목에 손을 대고 맥을 짚다가, 다시 손목의 맥을 짚었다.

진양이 축축하게 젖은 눈동자를 들어 올렸다.

호연각과 풍천익 등이 마른침을 꿀꺽 삼키고 진양을 바라보았다.

진양이 힘겹게 입을 열었다.

"…열반에… 드신 것 같습니다."

"그런……!"

호연각이 순간 힘을 잃고 비틀거렸다.

"혜, 혜방 선사께서… 혜방 선사께서……! 아아! 강호에 큰 별이 졌구나!"

그의 탄식에 무림맹의 무인들이 우르르 몰려들었다.

그들은 쓰러져서 움직이지 않는 혜방 선사를 보더니 끝내
오열을 터뜨리며 주저앉았다.

그날 밤이 새도록 운태산 정상에서는 울음소리가 그치질
않았다.

다음 날 오후부터 운태산 정상으로 각대 문파의 무인들이
찾아오기 시작했다.

무림맹으로부터 연락을 받고 급히 지원 인력을 파견한 것
이다.

하지만 이미 처절했던 싸움은 모두 끝난 상황이었기에 그
들은 부상자들을 돌보고 죽은 자들을 위해 장례를 치르기에
바빴다.

특히 혜방 선사의 죽음이 알려지면서 천하 각지에서 수많
은 강호인들이 운태산을 찾아왔다.

진양 일행은 한동안 운태산을 떠날 수가 없었다.

워낙 많은 부상자들과 사망자들이 있었기에 해야 할 일들
이 무척 많았던 것이다.

진양이 소매를 걷어붙이고 나서서 부상자들을 직접 치료
하고, 복구 작업에도 참여하니 사람들마다 그를 칭찬하지 않

는 자가 없었다.

나중에는 신필문의 무인들과 제자들이 대거 운태산으로 찾아와 진양을 돕기까지 했다. 그들 가운데에는 여태껏 신필 문에서 조용히 지내고 있던 소담화도 있었다.

대략의 정리가 끝난 후에야 진양은 신필문의 무인들과 제 자들을 이끌고 운태산을 떠날 수가 있었다.

그때까지 운태산에 남아 있던 사람들은 산 아랫자락까지 내려와 진양 일행을 배웅해 주었다.

진양 일행은 운태산을 내려와 가까운 객점에 들렀다.

오랜만에 진양과 함께 나들이를 나오게 된 신필문의 무인 들과 제자들은 저마다 들뜬 마음을 감추지 못했다.

수제자인 진운생 역시 아이처럼 신나서 소리쳤다.

"사부님! 천하에서 사부님을 칭송하는 소리가 자자합니다."

하나 진양은 짐짓 엄한 투로 그를 나무랐다.

"네 나이면 이제 적지 않은데 여전히 아이처럼 말하는구 나. 자고로 겸즉유덕(謙卽有德)이라고 했다. 사람은 겸손해야 덕이 있는 법이거늘, 어찌 그리 입을 가벼이 놀리느냐?"

"불초 제자, 생각이 짧았습니다."

운생이 얼른 태도를 고치며 대답했다.

진양은 그런 그를 보다가 부드럽게 웃으며 말했다.

"이제라도 뉘우쳤다면 됐다."

진양이 식사를 막 시작하려는데, 마침 곽연을 뒤쫓아 갔던 무이오도 일행이 돌아왔다.

"어서 오시오. 곽연은 어찌 됐소?"

"죄송합니다. 놓치고 말았습니다."

무이오도 등이 송구스러운 표정으로 대답했다.

하지만 진양은 어느 정도 짐작한 듯 크게 실망하지는 않았다. 곽연은 고도의 상승무공을 익히고 있었기에 아무래도 추격하기에 많은 어려움이 따를 것이라고 짐작한 것이다.

무이오도는 함께 추격하러 갔던 곡전풍 일행이 먼저 혈사채로 귀환했다고 전했다.

"조전 부장이 가벼운 부상을 입는 바람에 그들은 먼저 혈사채로 귀환했습니다. 곡 채주님께서 차후에 문주님께 연락을 드리겠다고 말씀하셨습니다."

"그랬구려. 아무튼 고생 많으셨소. 앉아서 요기라도 좀 하시오."

진양은 그들에게 자리를 권하고는 음식을 주문했다.

그렇게 신필문 무인들은 객점에서 와자한 분위기 속에 식사를 즐겼다.

第十章
칼끝은 사랑하는 이에게 향하지만

神筆天下
신필천하

식사가 끝난 뒤 진양은 무인들과 제자들을 먼저 신필문으로 돌려보냈다.

대신 진양과 유설은 따로 구화산의 무림맹 총단에 들렀다가 가기로 했다.

챙겨올 짐도 있었지만, 가신풍이 아직 무림맹 총단에 머물러 있었기 때문이다.

유설은 오랜만에 진양과 단둘만의 시간을 가지게 되자 기쁜 마음을 감추지 못했다.

두 사람은 말에 타지 않고 두런두런 이야기를 나누며 걸었다.

"얼마 만인가요?"

유설이 영롱한 눈빛을 빛내며 물어오자, 진양이 부드럽게 웃으며 답했다.

"그동안 미안했소."

"미안하긴요. 대의를 위해서인 걸요. 제가 사랑하는 사람이 대의를 저버리고 작은 것에 집착하면 싫은 걸요. 그렇게 생각하지 않아요, 신필대협 양 문주님?"

유설이 놀리듯 말하자 진양이 웃음을 터뜨렸다.

"나도 놀릴 수 있도록 누이에게 어울릴 만한 별호라도 지어줘야겠소."

"호호호. 어떤 걸 지어줄 건가요? 기대되는 걸요?"

"누이는 옥처럼 아름다우니… 옥미인(玉美人)이 어떻소? 옥미인 양 부인."

유설이 깔깔거리며 웃었다.

"아주 잠깐 칭찬인 줄 알았는데, 곱씹을수록 정말 촌스러운 별호군요."

"말했잖소, 놀리려고 지은 별호라고."

"못살아. 또 있나요?"

"글쎄… 누이는 사람을 홀려 버릴 만큼 아름다우니, 섭혼마녀(攝魂魔女)는 어떻소?"

"싫어요. 왜 하필 마녀예요?"

"누이를 보면 정신을 똑바로 차릴 수 없으니, 마녀가 아니고 뭐겠소?"

"치. 당신만 그럴 걸요?"

"그렇다면 참 좋겠군. 남들이 누이를 추녀로 여기고 관심도 가지지 않는다면, 나는 쓸데없는 걱정을 하지 않아도 좋으니."

"뭐라구요?"

"하하하!"

유설이 고운 눈썹을 성큼 추켜올리며 노려보다가 곧 웃음을 터뜨렸다.

선남선녀의 기분 좋은 웃음소리가 맑은 하늘에 울려 퍼졌다.

그렇게 얼마나 걸어갔을까.

맞은편에서 사람 한 명이 다가오는 것을 보고 진양과 유설이 고개를 갸웃거렸다.

사뿐사뿐 걸어오는 자태를 보아서는 여자가 분명했다.

상대가 조금 더 가까이 다가왔을 때, 진양과 유설은 그녀가 바로 소담화라는 것을 알 수 있었다.

진양이 고개를 갸웃거리며 물었다.

"소 낭자, 대별산으로 돌아가지 않으셨소?"

소담화는 눈을 곱게 흘기며 툭 쏘아붙였다.

"왜요? 제가 두 분의 알콩달콩한 시간을 방해라도 했나요? 제가 나타난 것이 영 마뜩찮아 보이는군요."

유설은 대번 얼굴이 발갛게 달아올랐고, 진양은 얼른 손사래를 치며 부인했다.

"그럴 리가 있겠소. 단지 길을 돌아온 것이 의아해서 물어본 것이라오."

소담화는 여전히 냉랭한 시선으로 진양을 쏘아보았다.

진양은 자신을 뚫어질 듯 바라보는 그녀의 시선이 여간 부담스러운 것이 아니었다.

그가 어색하게 미소 지으며 물었다.

"왜… 그러시오, 소 낭자?"

"무기를 드세요."

"예?"

"무기를 드시라고요."

"갑자기 왜……."

"어서요!"

소담화가 날카롭게 소리쳤다.

진양이 움찔거리며 물러났다.

보다 못한 유설이 끼어들었다.

"소 낭자, 무슨 일인지는 모르겠지만……."

"죄송해요, 언니. 무례를 저지르고 있다는 것 잘 알고 있어요. 하지만… 정말 마지막으로 무례를 저지를게요. 언니, 비켜주실 수 있나요?"

소담화는 자못 간절한 눈빛으로 유설을 바라보고 있었다.

유설은 한참이나 그런 소담화를 마주 보다가 보일 듯 말 듯 고개를 끄덕이고는 물러났다.

소담화가 작은 목소리로 말했다.

"고마워요, 언니."

상황이 이렇게 되자 진양은 더욱 어쩔 줄을 몰랐다.

"소, 소 낭자?"

"빨리 그 수호필을 드세요!"

말이 끝나는 것과 동시에 소담화는 빠르게 검을 내찔러 들어갔다.

떨어져서 지켜보던 유설도 깜짝 놀라 어깨를 움찔 떨었다.

하지만 그뿐이었다.

더 이상의 동요는 없었다.

그녀는 믿었다.

소담화를 믿었고, 무엇보다 진양의 능력을 믿었다.

진양은 상체를 활처럼 휘며 뒤로 젖혔다. 그의 배 위를 아슬아슬하게 스친 검이 허공을 날카롭게 베어냈다.

쒜에엑!

뒤이은 파공음에 진양은 얼른 몸을 뒤틀어 옆으로 물러났다.

"흥! 언제까지 맨손으로 상대할 수 있을 것 같나요?"

소담화는 용수철처럼 튕겨 진양을 향해 쇄도해 들어왔다.

까앙!

결국 진양이 수호필을 꺼내 들고 말았다.

"진작 그러셨어야지!"

소담화는 앙칼지게 소리치며 검을 횡으로 휘둘러 들어왔다. 그 순간 그녀의 발은 지면에서 한 뼘 정도 떨어진 채 부드럽게 움직이고 있었다.

마치 얼음 위에서 미끄러지는 듯한 움직임, 바로 십절류 검법의 빙상활행(氷上滑行)이라는 절초였다. 이미 진양은 십절류에 대해서는 오래전에 파훼법을 익힌 상태였다.

진양은 곧바로 숲이 있는 쪽으로 몸을 날렸다.

그러자 소담화는 더 이상 빙상활행 초식을 쓸 수가 없었다.

대신 그녀는 다른 초식으로 바꾸었다.

이번에도 바로 십절류의 초식 중 하나였는데, 부드럽고도 유연한 움직임으로 나무 사이사이를 피하며 진양의 급소를 노려가는 검초였다.

바로 정감교류(情感交流)라는 초식이었다.

이 초식의 특징은 무엇보다도 상대의 마음을 읽고, 나의 마음을 헤아리는 것이 중요했다.

그러다 보니 소담화는 날카로운 검날을 쏟아내면서도 어느새 눈가에서 눈물이 주르륵 흘러내렸다.

진양 역시 정신없이 피하는 와중에도 그 모습을 본지라 당황하며 소리쳤다.

"소 낭자, 대체 왜 이러시오? 서운한 것이 있다면 말로 합시다!"

"이미 말로 풀기에는 너무 오래됐어요! 몇 마디 말로는 절대 풀 수 없는 응어리가 되어버렸는걸요!"

소담화의 공격은 더욱 매서워졌다.

어찌나 강맹한 공격을 연쇄적으로 퍼부었는지, 주변의 나뭇가지들이 마구 잘려 나가고 나무 기둥마저 싹둑 베여 통째로 쓰러지기까지 했다.

결국 다시 길가로 나온 진양은 수호필을 휘둘러 소담화의 검을 올려쳤다.

깡!

한줄기 공력이 검날을 타고 전해지자, 소담화는 통증에 이맛살을 구겼다.

"크읏!"

"괜, 괜찮소?"

"더 큰 아픔도 견뎠는데… 이딴 건 아무것도 아니죠!"

소담화는 다시 앙칼지게 대답하고는 매섭게 진양을 몰아붙여 갔다.

그동안 소담화 역시 신필문에서 파자공을 통해 무공을 연마해 왔다.

때문에 그녀의 무공 수위는 예전에 비해 월등히 높아져 있었다.

하나 그 파자공을 창안한 자가 누구인가.

바로 신필대협 양진양이 아닌가?

진양은 우선 그녀의 손에서 무기를 빼내야겠다고 마음먹었다.

진양이 갑자기 저돌적으로 부딪쳐 오자, 소담화는 조금씩 손발이 어지러워지기 시작했다.

하지만 진양이 자신의 목숨을 위협하는 살초만은 쓰지 않는다는 것을 알았다.

오히려 그것이 그녀를 더욱 화나게 만들었다.

"왜 살초를 쓰지 않죠? 나는 지금 있는 힘을 다해 당신을 죽이려 하고 있는데!"

"어째서 그렇소?"

"당신이 사부님을 돌아가시게 만들었으니까!"

"복수요?"

"그래요! 난 당신을 구한 것을 몹시 후회하고 있어요!"

그 순간 진양은 갑자기 수호필을 거두어들이더니 훌쩍 물러났다.

소담화가 이맛살을 구기며 물었다.

"무슨 짓이죠? 어서 무기를 드세요."

"나를 구한 것을 후회한다고 하지 않았소. 사부님의 복수를 하고 싶다 하지 않았소. 기회를 주는 것이오. 나를 찌르시오."

진양이 처연한 표정으로 말했다.

그 말 한마디 한마디가 너무나 슬프게 들려 소담화의 가슴을 후볐다.

"그, 그런다고 내가 못 죽일 줄 아나요? 당신을 베지 못할까 봐?"

"어차피 낭자가 구한 목숨이오. 낭자가 거둔다면 억울할 것이 없소."

"잘난 척하지 마!"

소담화는 이를 악물고 달려가더니 검을 크게 휘둘렀다.

진양은 눈을 내리감았다.

쒜에엑!

"······."

"······."

챙그랑.

금속이 바닥으로 떨어지는 소리. 그리고 이어지는 여인의 흐느낌.

진양은 천천히 눈을 떴다.

"소 낭자… 스스로를 너무 궁지로 내몰지 마시오."

순간 소담화는 오른손을 들어 올려 진양의 뺨을 후려쳤다.

짝!

그녀는 화끈거리는 오른손을 왼손으로 잡았다.

왜 그런지 뺨을 때린 손바닥이 너무 아팠다. 화끈거리고 따가웠다. 장력으로 바위를 부술 때도 아프지 않았던 손이 지금은 유리처럼 깨질 것만 같았다.

'눈물이 날 만큼 아파.'

그녀가 몸을 돌리며 잔뜩 젖은 목소리로 나직이 읊조렸다.

"나를 궁지로 내몰고 있는 건… 내가 아니라 당신이야."

그녀는 길을 따라 터벅터벅 걸어갔다.

진양은 뺨을 어루만지다가 그녀를 불렀다.

"소 낭자……!"

소담화가 말을 가로채듯 입을 열었다.

"찾지 말아요. 그냥… 떠돌 거예요. 언젠간… 다시 보겠죠."

소담화는 그렇게 천천히 걸어갔다.

그녀가 보이지 않을 때까지 진양도 유설도 움직일 수 없었다.

이윽고 그녀가 완전히 보이지 않을 만큼 멀어지자, 유설이 진양에게 다가왔다.

진양이 어깨를 으쓱이며 말했다.

"나는 괜찮소."

한데 그 순간 유설이 그의 뺨을 세차게 후려쳤다.

짜악!

졸지에 두 여인에게 뺨을 얻어맞은 진양이 어리둥절한 표정으로 물었다.

"왜, 왜……?"

유설이 눈물을 글썽이며 말했다.

"다시는… 다시는 목숨을 걸고 도박하지 말아요!"

그제야 진양은 부드럽게 웃음을 머금고는 그녀를 품에 꼭 끌어안았다.

진양과 유설이 구화산에 거의 다다랐을 때였다.

갑자기 길옆 숲에서 검은 그림자가 불쑥 튀어나오더니 두 사람을 가로막았다.

그의 초라한 행색에 처음에는 진양과 유설 모두 상대가 누군지 알아볼 수가 없었다.

하지만 곧 상대의 고함 소리에 두 사람은 그가 누군지 알 수 있었다.

"유설! 왜 하필 내가 아니라 저놈이오!"

바로 곽연이었던 것이다.

천의교의 계획이 수포로 돌아간 후, 그는 줄곧 사람들을 피해 도망을 다니다가 구화산 입구에서 진양과 유설을 기다리고 있었던 것이다.

진양은 얼른 유설을 뒤로 밀어내며 앞을 가로막았다.

그가 등 뒤에 선 유설을 향해 나직이 말했다.

"내가 뭐랬소? 누이를 보면 정신을 똑바로 차릴 수 없다니까. 나만 그런 것이 아니지 않소?"

"지금 농담이 나와요?"

그 순간 곽연이 바닥을 박차고 화살처럼 날아왔다.

진양이 얼른 수호필을 내세우자 '쩡!' 하는 소리와 함께 불티가 휘날렸다.

곽연의 공격이 어찌나 강맹한지 진양은 주륵 미끄러지며 석 장이나 밀려났다. 바닥에는 그의 발자국이 썰매자국처럼 길게 새겨졌다.

"크윽! 지독하군!"

하나 곽연은 진양이 몸을 추스를 때까지 기다리지 않고 유설에게 쇄도했다.

그러나 유설 역시 만만찮은 무공을 소유한 고수였다. 그녀가 잽싸게 몸을 굽히며 초식을 펼치자, 허공을 베어낸 곽연의 허벅지를 찌를 수 있었다.

곽연은 허벅지에 상처를 입고도 아랑곳하지 않고 유설에게 쇄도해 들어왔다.

자신의 목숨을 돌볼 생각은 전혀 없는 듯했다.

그때 다시 진양이 두 사람 사이에 끼어들어 곽연을 공격했다.

곽연은 이미 목숨을 도외시한 채 오로지 강맹 일변도로 무공을 펼치는 중이었다.

반면 진양은 자신뿐만 아니라 유설까지 보호하며 싸우려고 하니 조금씩 밀릴 수밖에 없었다.

어느 순간 곽연이 크게 기합성을 터뜨리며 검을 내려치자, 진양은 수호필을 들어 올려 막다가 그 충격을 이기지 못해 뒤로 붕 날아가고 말았다.

그 틈에 곽연이 다시 유설에게 쇄도했다.

유설은 침착하게 기다리고 있다가 순간 상대의 동작이 커진 틈을 타서 잽싸게 검을 일직선으로 찔러 들어갔다. 이는 북명패검의 절초 중 하나였다.

군더더기없는 그녀의 검공은 정확히 곽연의 심장을 꿰뚫는 데 성공했다.

심장을 관통한 그녀의 검이 곽연의 등 뒤로 삐죽 솟아 있었다.

검공을 펼치긴 했으나, 유설 자신도 이렇게 간단히 통할 줄은 몰랐기에 놀라기는 마찬가지였다.

그녀가 검을 뽑아내며 주춤 물러나자, 곽연은 가슴에서 피분수를 뿜으며 털썩 무릎을 꿇었다.

그가 피눈물이 맺힌 두 눈으로 유설을 보며 중얼거렸다.

"내가… 당신을 가지지 못할 바에 당신이 내 목숨을 가져가길… 바랐소."

그제야 유설은 곽연이 어째서 무모하게 공격해 들어왔는지 알 수 있었다.

그가 제대로 실력을 보였더라면 이처럼 허무하게 목숨을 잃지는 않았으리라.

유설은 앞으로 고꾸라진 곽연을 내려다보며 나직이 읊조렸다.

"당신은… 절 사랑한 게 아니에요. 다만 집착했을 뿐이죠. 이제 집착에서 벗어나 편해지시길 바랄게요."

그녀는 걸음을 돌려 진양에게 다가갔다.

"무슨 남자가 그렇게 약골이에요?"

"약, 약골이라니……."

"그래서야 절 제대로 지킬 수 있겠어요?"

"난, 난 그가 당신을 죽이지 않을 거라는 것을 알고 있었소."

"어째서요?"

"그, 그에게서 살기가 느껴지지 않았으니까."

"호오. 사랑하는 여인이 당하는 순간에도 이성을 잃지 않는 침착함. 절 정말 사랑하긴 하나요?"

"누이!"

진양이 신경질적으로 버럭 소리쳤다.

순간 유설이 움찔 떨며 진양을 보더니 입술을 비죽 내밀었다.

"미안해요. 농담이었……!"

순간 진양이 유설을 와락 끌어안았다.

그가 유설의 몸을 으스러지도록 껴안은 채 말했다.

"다행이오. 다치지 않아서 정말 다행이오."

유설도 곧 미소 지으며 진양의 품에 얼굴을 묻었다

"바보같이 참……."

두 사람은 한참 동안 그렇게 서로 부둥켜안은 채 꼼짝도 하지 않았다.

구화산을 오르며 유설이 진양을 보고 물었다.

"그런데 정말 그가 저한테 살기를 품지 않았었나요?"

"사실… 그땐 몰랐소, 경황이 없어서. 나중에 그가 죽은 뒤에 되새겨 보니 살기를 품지 않았더군."

"뭐라고요?"

유설이 곱게 그를 흘겨보자, 진양이 입술을 비죽 내밀며 말했다.

"누이 말대로 사랑하는 사람이 위기에 처했는데, 상대가 살기를 품는지 안 품는지 판별할 겨를이나 있었겠소?"

"이 사기꾼!"

"하하하!"

"훗. 호호호."

두 사람이 층단에 들어서며 활짝 웃었다.

* * *

일 년 후.

영락제가 즉위한 지 이 년째가 됐다.

삼보태감(情感交流) 정화가 신필문을 찾아왔다.

또로로롱.

찻잔에 맑은 찻물이 채워졌다.

진양은 정화에게 차를 권했다.

"드시지요."

정화가 찻잔을 입에 가져갔다가 내려놓으며 말했다.

"차 맛이 좋구려."

진양이 빙그레 웃으며 대꾸했다.

"태감 나리께서 겨우 차를 마시러 이런 누추한 곳을 찾지는 않으셨겠지요?"

"하하! 누추한 곳이라니. 양 장문을 따르는 제자들이 이미 천 명도 넘는데, 어찌 신필문이 누추한 곳이 될 수 있단 말이오?"

"아무렴 황궁만 하겠습니까?"

진양은 부드럽게 웃으며 대답했지만, 그 말 속에는 가시가 있었다.

정화 역시 그것을 알고 있는지라 씁쓸히 웃었다.

"내 솔직히 찾아온 이유를 말하리다."

"예, 말씀하시지요."

"작년에 황제 폐하께서는 산재한 모든 책들을 분류, 수집해서 수시로 어람할 수 있는 대형 책을 편찬하라고 명하셨소. 그건 알고 계시겠지요?"

"문헌대성(文獻大成)을 말씀하시는 건지요?"

"바로 그렇소. 한데 폐하께서는 책을 어람하시는 와중에 빠진 내용이 많다고 여기셨소. 해서 폐하께서는 다시 중수(重修)하도록 명하셨소."

정화는 여기서 말을 끊고 진양을 바라보며 부드럽게 미소 지었다.

그가 차를 마신 뒤 입을 열었다.

"이쯤 되면 내가 왜 찾아왔는지 양 장문께서도 아실 거요."

"소생이 불초하여 잘 모르겠군요."

"양 장문, 그러지 마시고 내가 부탁을 드릴 테니 힘을 빌려주시오. 신필문의 유능한 인재들이 필요한 시점이오."

"이곳에 있는 제자들은 부족한 것이 너무 많아서 저처럼 아둔한 사람에게마저 글을 배우는 것입니다. 유능한 인재는 도성에 많이 모여 있지요."

진양이 거듭 거절의 뜻을 우회적으로 나타내자 정화의 표정이 싸늘히 변했다.

그가 차를 한 모금 들이켜더니 말했다.

"내 듣기로 양 장문께서는 은혜를 중히 여기고, 원한은 가벼이 여긴다고 하더이다."

"무슨 말씀을 하고 싶으신지요?"

"잊으셨소? 작년 호광 지역의 형산 근처에서 만났을 때 말이오."

진양은 문득 일 년 전, 객점에서 정화와 만났던 일이 떠올랐다.

그날 정화는 건문제를 보고도 모른 척하지 않았던가.

정화가 말을 이었다.

"그때 나는 양 장문에게 아마 좋은 충고를 해주었을 거요. 그리고 그 충고의 대가를 언젠간 반드시 요구한다고 했지. 기억나시오?"

진양은 나직이 탄식을 흘렸다.

두 사람 사이에 무거운 침묵이 흘렀다.

한참 만에 진양이 입을 열었다.

"얼마나… 필요하십니까?"

"이백."

"…지원을 해드리지요."

"고맙소. 신필문의 인재들이 이대로 썩는 것은 분명 아까운 일일 것이오. 또 하나 부탁이 있소."

"무엇입니까?"

"양 장문께서 이 일을 총괄 책임져 주길 바라겠소."

"그건 받아들이기가 힘들군요."

"양 장문, 정녕 은혜를 저버릴 것이오? 만약 내가 입을 열어 황제 폐하께 아뢰기라도 한다면……."

"정말 그러시겠소?"

진양이 수호필을 가만히 말아 쥐며 중압감이 실린 목소리로 물었다.

정화는 비록 환관이었지만 덩치가 크고 힘이 좋은 장군이 었다.

하지만 진양이 언뜻 살기마저 피워 올리니, 아무리 배짱이 좋은 그일지라도 긴장이 되지 않을 수는 없었다.

그가 한숨을 내쉬고는 말했다.

"나 역시 그러고 싶지 않소. 물론 양 장문께서 내 부탁을 거절한다고 해도 그런 짓은 하지 않을 거요. 폐하께서는 이제 나를 해외로 보내실 것이오. 이유를 아시겠소?"

진양은 차분히 정화를 바라보다가 마찬가지로 가늘게 한숨을 내쉬었다.

"좋습니다. 하지만 조건이 있습니다."

"무엇이오?"

"그 작업에 참여는 하겠습니다만, 제 이름은 역사에 남기지 않을 것입니다."

"어째서 그렇소?"

"두 임금을 섬길 수는 없기 때문입니다."

만약 다른 누군가가 듣기라도 하면 큰일 날 소리였다.

진양은 공공연히 지금의 영락제를 황제로 인정하지 않는다고 한 것이나 다름없는 것이다.

하나 정화는 별로 놀란 기색이 아니었다.

그는 담담한 표정으로 생각에 잠겨 있다가 곧 고개를 끄덕였다.

"알겠소이다. 그건 큰 문제가 되지 않을 것이오. 부탁을 들어주어서 고맙소, 양 장문."

정화는 차를 마저 마시고 일어났다.

며칠 뒤 진양은 제자 이백여 명을 이끌고 도성으로 향했다.

그들은 편집을 주관하는 문연각(文淵閣)에서 일을 시작했는데, 이 일에 가담한 사람은 신필문의 제자들을 포함해 무려 이천여 명이나 됐다. 특히 신필문의 제자들은 그중에서도 핵심적인 일을 도맡았다.

진양은 문연각에서 소장한 송나라, 원나라 때 어부(御府)의 장서들을 토대로 하고, 전국 각지에 사람들을 내보내 경서, 사서, 제자백가의 책들과 그 주해집, 그리고 불경 도경 등을 두루 수집해 집대성했다.

그리고 영락 5년.

장작 사 년간의 노력 끝에 드디어 원고가 완성됐다.

책은 본문이 모두 이만 이천팔백칠십칠 권이었고, 범례와 목록이 육십 권, 장정한 후의 책은 무려 일만 일천구십오 책이나 됐다.

황제는 이것의 이름을 '영락대전(永樂大典)'이라고 지었다. 그리고 친히 책의 서문까지 썼다.

진양은 그의 바람대로 자신의 이름을 일절 역사에 남기지 않았다.

또한 신필문의 이름도 남기지 않았다.

하나 그가 참여한 '영락대전'은 고대 문화 전적들을 대량 보존한 소중한 보고가 됐다.

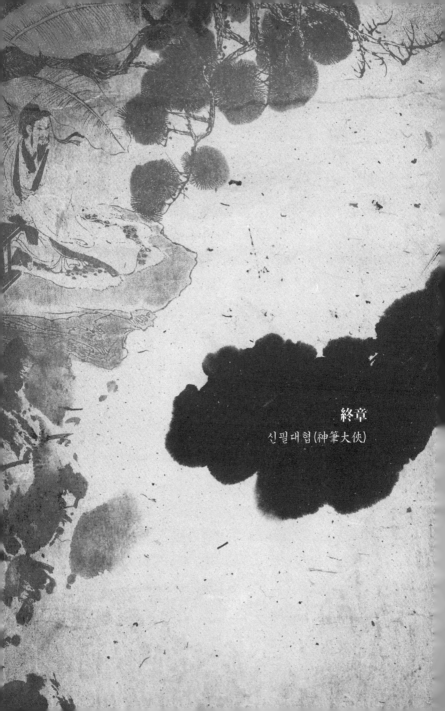

終章
신필대협(神筆大俠)

정월 초하루 아침.

백염을 가슴께까지 기른 노인이 고요한 방 안에 가부좌를 틀고 앉아 있었다.

선풍도골의 풍채를 지닌 노인은 근엄한 표정으로 눈을 감고 있었는데, 그의 주변으로 푸르스름한 기운이 성스럽게 감돌고 있었다.

그의 앞에는 굵고 긴 붓 하나가 가로놓여 있었는데, 어둑한 실내에서도 은은한 빛을 발하고 있었다.

그것은 바로 수호필이었다.

수십 년 전, 양진양이 건문제로부터 선물받은 붓.

그렇다.

백염이 성성한 노인은 바로 수십 년 전, 이곳 대별산에 신필문을 세운 신필대협 양진양이었다.

잠시 후 하얀 빛이 스며들면서 전방의 문이 열렸다.

문틈으로 조심스럽게 걸어 들어온 중년의 사내가 양진양을 향해 공손히 아뢰었다.

"아버지, 준비가 끝났습니다."

양진양이 천천히 눈꺼풀을 들어 올렸다.

그의 눈가에 잡힌 자잘한 주름이 지나온 세월을 대신 말해 주고 있었다.

하지만 그의 두 눈만큼은 형형하게 빛나고 있었다.

그가 부드러운 미소를 머금은 채 수호필을 들었다.

"가자꾸나."

"예."

중년의 사내가 먼저 걸어나가자, 진양이 수호필을 들고 뒤따랐다.

그가 새하얀 빛으로 들어가자, 곧 확 트인 전경이 눈에 들어왔다.

그리고 난간 아래 가득 모인 삼천여 명의 제자가 보였다.

그들은 진양을 보자마자 일제히 큰절을 올리며 소리쳤다.

"사부님! 새해 복 많이 받으십시오!"

삼천여 명의 제자가 한목소리로 외치자, 그 소리가 하늘에 쩌렁쩌렁 울렸다.

진양은 부드럽게 웃으며 고개를 끄덕여 보이고는 시선을 돌렸다.

난간 옆 온화한 표정의 나이 많은 여인이 서 있었다. 그녀 역시 머리가 하얗게 세어 있었는데, 진양처럼 두 눈만큼은 영롱하게 빛나고 있었다.

바로 유설이었다.

진양과 유설은 말하지 않아도 다 아는 듯한 눈빛을 주고받고는 몸을 돌렸다.

진양이 나온 문이 닫히고 나자, 사람들이 그 위로 크고 하얀 천을 걸었다.

마침 머리가 희끗한 노인 한 명이 진양 곁으로 다가와 먹물이 가득 담긴 커다란 벼루를 내려놓았다.

"여기 있습니다, 사부님."

노인이 공손히 말하자, 진양이 그의 어깨를 토닥이며 고개를 끄덕였다.

"수고했다, 운생아."

그러자 다시 중년의 사내가 다가와서 물었다.

"아버지, 올해의 글자는 무엇입니까?"

"허허허, 말보다 글이 정확한 법."

진양은 너그러운 웃음을 지어 보이더니 수호필을 먹에 담 갔다가 들었다.

이윽고 그가 커다란 천에 일필휘지로 글자를 적어나갔다.

하얀 천을 가득 메워가는 글자는 그야말로 경이로울 정도 였다.

마치 필획 하나하나가 살아서 꾸물꾸물 움직이는 듯했다. 그렇게 허공으로 떠오른 글자는 저마다의 가슴 속으로 곧장 스며들었다.

진양의 필체를 우러러보는 제자들은 마음이 먹먹하게 젖 어 들어갔다.

글씨를 모두 적은 진양은 뒤로 서너 걸음 물러나서 바라보 았다.

神筆天下.

신필천하.

단 네 글자가 난간 아래 모여 있는 수천 명의 제자들 가슴 을 강렬하게 때렸다.

진양이 몸을 돌리고 입을 열었다.

담담하고도 부드럽게 말하고 있었지만, 마치 그 목소리가 하늘에서 떨어지는 듯 모든 제자들의 귓가에 쟁쟁하게 울렸다.

"글자에 뜻과 정을 담아내면 신필이라 할 수 있을 것이다. 또한 세상 사람들 모두가 진정한 신필의 경지에 이른다면 천하가 태평하리라. 너희들은 신필의 경지를 바라고 열과 성을 다하라. 글자는 곧 마음을 다스리는 것이니, 덕과 의를 쌓는 일에 게을러서는 안 될 것이다. 그것이 신필의 경지에 이르는 지름길이니라."

진양의 말이 끝나자 수천 명의 제자가 이구동성으로 대답했다.

"명심하겠습니다! 사부님!"

신필문에서 솟아오른 우렁찬 목소리가 천하에 가득 울렸다.

천순(天順) 5년.

신필문은 강호에서 가장 거대하고 명망있는 문파로 자리 잡았으니, 세상 사람들 중 신필대협 양진양을 칭송하지 않는 자가 없었다.

『신필천하』 완결

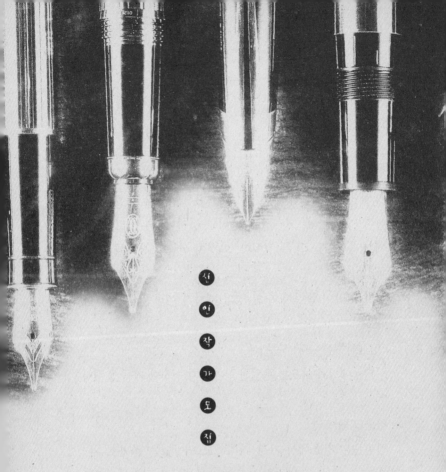

老濤仙瀘

촌부 新무협 판타지 소설
FANTASTIC ORIENTAL HEROES

천애
협로

『우화등선』,『화공도담』의 뒤를 잇는
작가 촌부의 또 하나의 도가 무협!

무림맹주(武林盟主), 아미파(峨嵋派) 장문인(掌門人),
군문제일검(軍門第一劍), 남궁세가(南宮勢家)의 안주인.

그들을 키워낸 어머니―
진무신모(眞武神母) 유월향(柳月香)!

어느 날, 그녀가 실종되는데…….

"하, 할머니는 누구세요?"

무한삼진의 고아, 소량(少雨)에게 찾아온 기이한 인연.

세상과 함께 호흡을 나눌 수 있다면[天地同息]
천하의 이치를 모두 얻으리래[天下之理得]!

이제, 천하제일인과 그녀가 길러낸
마지막 자손의 이야기가 펼쳐진다!

Book Publishing CHUNGEORAM

WWW.chungeoram.com

소드 슬레이어

류연 판타지 장편 소설

FANTASY FRONTIER SPIRIT

그날로 돌아간 그 순간부터 입버릇처럼 붙은 한마디.
"생각해라, 아서 란펠지."

귀족 반란에 휘말린 채 죽어야 했던 기사, 아서 란펠지.
600년 전 마룡 카브라로 인해 봉인당한 세 용사의 영혼.
버려진 이름없는 신전에서 그들이 만났을 때
운명은 또 다른 전설의 서막을 알렸다!

소드 슬레이어

힘없이 죽어간 모든 인연들을 위하여
무력하고 허망했던 어제를 딛고
멈추지 않는 오늘을 달려 내일을 잡아라!

위선에 가득찬 검들을 향해
여섯 번째 마나 소드, 에스카룬의 검이 질주한다!

Book Publishing CHUNGEORAM

유행이 아닌 자유추구 -
WWW.chungeoram.com

DEMON

FANTASY FRONTIER SPIRIT

홀로선별 판타지 장편.소설

제일좌

BLOOD

성마대전, 그로부터 20년…
암흑은 스러지고 빛이 찾아왔다.
세상은… 그렇게 평화로워질 것만 같았다.

전설의 블랙 울프를 다루는 영악한 소년 마로.
하루하루 강도 높은 훈련을 받으며
숙연의 500골드를 달성한 그날!
세상은, 신성(新星)을 맞이한다!

『기적』의 뒤를 잇는
홀로선별 작가의 또다른 이야기
『제일좌』

어둠을 뚫고 솟을 빛이여,
하늘의 제일좌가 되어라!

Book Publishing CHUNGEORAM

유행이 아닌 자유추구 ~
WWW. chungeoram.com

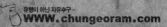